변호인
강태훈

변호인 강태훈 5

초판 1쇄 인쇄일 2015년 2월 23일 | **초판 1쇄 발행일** 2015년 2월 26일

지은이 박민규 | **펴낸이** 곽중열 | **담당편집 팀장** 이범수
편집부 신연제 이윤아 김호성 김은경

펴낸곳 (주)조은세상 | **출판등록** 제 2002-23호
주소 경기도 연천군 미산면 청정로 1355
TEL 편집부 02)587-2966 | FAX 02)587-2922
e-mail bukdu@comics21c.co.kr

ⓒ박민규 2014
ISBN 979-11-5512-969-2 | ISBN 979-11-5512-883-1(set) | 값 8,000원

※잘못 만들어진 책은 바꿔 드립니다.
※저자와의 협의에 의해 인지는 생략합니다.

ATTORNEY
NEO MODERN FANTASY & ADVENTURE

박민규 현대판타지 장편소설

변호인 강태훈

CONTENTS

NEO MODERN FANTASY & ADVENTURE

1. 환상의 콤비(2) ··· 7
2. 내 친구의 원수 ··· 23
3. 용서 ··· 107
4. 죽마고우 연애시키기 ··· 133
5. 모난 어른들 ··· 181
6. 따뜻한 어른들 ··· 231
7. 소녀를 사랑한 남자 ··· 259

NEO MODERN FANTASY & ADVENTURE

1. 환상의 콤비(2)

환상의 콤비(2)

"확인해보니까, 윤재중 씨 빚진 것도 많으시던데. 당장 법무법인도 경매에 들어갈 수 있는 상황이고, 재산을 노려 독극물을 마시게 유도한 것 아닙니까?"

"정말 어처구니 없는 사람이군요. 이 검사님."

윤재중은 범현을 보면서 짙게 으르렁거렸다. 그는 화가 난 듯 벌떡 자리에서 일어났다가 앉았다.

"지금 검사님은 제가 빚을 갚기 위해 아내를 죽인 파렴치한 용의자로 모는 거지요? 그렇다면 증거를 가져오십시오!"

그는 탁! 하고는 책상 위를 손으로 쳐냈다.

"검사님이 주장하시는 그 심증 말고, 물증 말입니다. 물증! 아무 것도 가진 게 없으시면서 왜 그렇게 사람을 몰고 갑니까?"

"크흠."

범현이 입을 꾹 다물었다. 사실 그의 말이 맞았다.

오로지 믿는 것은 범현 스스로의 감 뿐이었고 증명된 것이 없는 상황이었다.

이대로라면 확실히 윤재중은 아무런 죄 값도 받지 않는다.

물론 그가 정말 무죄일 수도 있었다.

그렇지만 유죄라면?

만약 정말 그가 아내에게 독극물을 마시게 한 살인미수죄를 가진 남성이라면?

혹시나 모를 것도 분명히 생각해 보아야 했다.

만약 범현이 추측하는 것에서 1%의 가능성이라도 있고 그것이 맞다면 윤재중은 분명히 처벌 받아야 할 대상이었다.

"허음, 소파가 너무 불편하네."

태훈은 스리슬쩍 눈치를 보는 척 하다가 범현의 등 뒤의 창가로 걸어갔다.

그리고는 창문을 열고 담배 한 가치를 꺼내 입에 물었다.

범현과 윤재중은 태훈에게 신경도 쓰지 않은 채 계속 서로가 흥분 된 목소리로 이야기를 나눴다.

결국 범현은 아무것도 건진 게 없이 윤재중을 보내주어야만 했다. 태훈은 나서는 그를 보며 한숨을 턱 쉬었다.

자신과 그는 오랜 시간의 파트너였던 만큼, 윤재중의 취약점을 태훈은 분명히 알고 있었다.

윤재중은 이번 사건의 살인미수가 맞는 것 같았다.

물론 범현은 눈치채지 못했겠지만 말이다. 윤재중은 당혹하거나 혹은 거짓말을 할 때 눈의 깜빡임이 많아지는 편이었다.

그 깜빡임이 워낙 심하기 때문에 눈에 확연히 그것이 들어왔다. 태훈만 캐치한 것은 아니었다.

눈이 건조한 사람의 경우 눈을 자주 깜빡이거나 하는 편이었고 윤재중도 자신이 당혹하면 눈을 자주 깜빡이는 것을 알고 인공눈물을 가지고 다녔는데, 방금도 범현의 앞에서 눈이 뻑뻑하다며 인공눈물을 뿌렸었다.

그렇지만 이 사실을 범현에게 어떻게 알려줘야 할지가 난관이었다.

분명 태훈이 보았을 때에는 범현의 감이 맞았다.

"밥 먹으러 가자."

피곤한 듯 얼굴을 한껏 비빈 범현은 외투를 입었다. 태훈이 그를 따라나섰다.

함께 밥을 먹으면서 기회를 엿보던 태훈이 조심스레 말을 꺼냈다.

"내 개인적인 생각인데, 범현이 네 말이 맞는 것 같다."

"그래? 어째서?"

범현은 화색을 띄우는 반면 고개를 갸웃했다. 확실한 것이 아니면 말을 꺼내지 않는 것이 태훈이었다.

"아까보니까. 그 사람 되게 눈의 깜빡임이 심하더라고. 마치 거짓말 하면 눈을 깜빡이는 것처럼."

"눈이 건조하다잖아."

범현은 고개를 갸웃했다. 확실히 윤재중은 수시로 눈을 껌뻑거렸다. 그에 인공눈물을 꺼내 보이며 '제 눈이 건조해서요.' 라고 이야기 했었다.

그 나이 때쯤 되면 안구건조증이 찾아오는 사람이 꽤나 되었기에 특별하게 자신은 생각하진 않은 부분이다.

"만약 내가 말한 것처럼 그 사람이 거짓말을 할수록 눈을 깜빡인다면 너한테는 좋은 수가 생기는 거 아닐까?"

"그렇긴 하겠네."

범현은 고개를 끄덕였다. 거짓말을 하고 있다는 것이 눈의 깜빡임으로 보인다면 그것은 생각을 읽는 것과 매한가지다.

범현이 말을 하는 것에서 그가 눈을 깜빡인다면 그것은 즉 거짓으로 보면 되는 것이다.

그러나 태훈의 그 말이 사실일 가능성이 존재 하냐는 것이다.

"밑져야 본전 아니냐?"

"그렇긴 하지. 한 번 해보긴 해야겠다. 근데 너 오늘 정말 이상하다?"

범현이 수저를 놓고는 눈살을 찌푸렸다.

뭔가 평소의 태훈과 달랐다.

태훈으로써는 윤재중의 그런 부분을 알려야했으니 범현에게 이상해 보일 수도 있었지만 어쩔 수 없었다.

❊

범현은 이번에는 직접 병원으로 찾아갔다. 형사들의 말에 의하면 윤재중은 밤낮 가리지 않고 와이프의 옆을 지키고 있다고 말하고 있었다.

"오셨습니까."

병실 근처를 지키고 있던 강력반 반장이 거수경례를 취하고 범현은 빠르게 받아줬다.

얼마 지나지 않아 윤재중이 나왔다.

범현을 본 순간 그의 눈이 세차게 깜빡이다가 수그러들

었다.

그 얼굴은 짜증으로 변했다.

"왜 또 오셨습니까."

그는 아내가 이렇게 병원에 있는데 그가 찾아온 것이, 그리고 범현이 형사들을 병실 근처에 배치 시킨 것이 못마땅하다는 모습이었다.

한편으로는 범현에게 고마웠다.

어차피 심증은 있지만 물증은 없는 상황이었다.

오히려 병실 근처에 있는 형사들은 윤재중 자신을 아내를 위해 밤낮 가리지 않고 간호하는 그런 남자로 볼 것이니까.

"이야기 할게 조금 남았는데, 나가시죠."

"후우, 알겠습니다."

두 사람이 함께 걸음하고 강력반 반장과 강력반팀원이 나서는 범현을 보며 혀를 찼다.

"며칠 동안 보니까. 참 좋은 사람 같드만. 이 검사 저 자식은 정말 감정도 없나."

"그러게요. 어떻게 저런 사람을 범인으로 생각하는지."

윤재중의 예상처럼 강력반 형사들은 범현을 죽일 놈 처럼 생각하고 있었다

범현이 담배 한 가치를 입에 물었다. 윤재중도 품에서 담배 한 가피를 꺼냈다.

"저도 하나 피겠습니다."

"그러시죠."

범현도 만반의 준비를 갖추고 왔다. 일단 윤재중은 CCTV영상이 확보된 상황.

즉 알리바이가 확실히 존재하는 것이었다.

그 상황에서 아내가 독극물을 마시게 할 수 있는 방법.

유언장을 제시할 수 있는 방법이 존재해야했다.

그리고 그것을 가장 쉬운 식으로 생각해보았다.

이것이 실패하면 자신은 완전히 이 사건에서 손을 놔야 할 것이다.

아무리 그래도 윤재중도 변호사였다. 그런 이를 만약 자신이 헛다리 짚어 몰아간다면 자신도 분명 타격을 받게 된다.

"안타깝게 되었습니다."

"어떤 게 말씀입니까?"

윤재중이 고개를 갸웃했다.

"윤재중 씨가 범인이라는 확실한 물증을 잡아냈습니다."

"그게 무슨…."

윤재중의 눈의 깜빡임이 심해졌다.

'그냥 짚어보는 거 아냐?'

곧 그 깜빡임은 잠잠해졌다.

'태훈이 말처럼 당황하면 눈을 깜빡이는구나.'

범현은 확신했다. 자신의 검사실에서 눈에 인공눈물을 넣던 것이 자신의 습관을 감추려는 것이었음을.

"또 다른 공범을 잡았거든요."

범현은 호기롭게 담배 연기를 뿜었다.

"이미 자백도 다 받아낸 상황입니다."

"무슨 말씀 하시는 겁니까 정말."

그는 시치미를 뚝 뗐다. 도대체 무슨 말도 안 되는 소리를 하냐는 것이다.

'설마…'

그러나 한편으로는 불안감이 엄습했다.

"돈을 주고 사주하셨더라고요. 와이프를 위협해 유언장을 쓰게 하고 독극물을 마시게 하라고."

"그게 도대체…"

그는 더 이상 말도 안 나온다는 듯 질린다는 표정이었다. 눈은 세차게 깜빡이고 있었다.

'맞나보네.'

범현은 자신이 머리로 그려놓은 시나리오대로 읊자 그의 눈의 깜빡임이 세차지는 것을 보고 확신했다.

그가 누군가를 사주해 독극물을 마시게 한 사실이 맞다는 것을.

"분명 아내가 유언장을 쓴 후에 죽게 되면 당장 윤재중 씨에게 40억 원 상당의 금액이 쥐어지게 됩니다. 그 40억

중 일부를 떼어주겠다고 했겠죠."

윤재중은 태연하게 웃으며 담배를 빨았다.

"작가하셔도 되겠습니다."

역시 눈만은 세차게 깜빡인다.

"알리바이는 충분히 만들 수 있습니다. 왜냐 윤재중 씨는 공범을 통해서 사건을 저질렀으니까요."

그는 대답하지 않았다. 오히려 헛 웃었다.

"그 공범하고 전화통화라도 해보시겠습니까?"

범현은 휴대폰을 꺼내들었다. 그의 얼굴로 자신감이 가득했다. 윤재중의 깜빡임이 극도로 심해졌다.

그렇지만 그는 범현을 분명히 의심하고 있었다.

짧은 찰나의 순간에 작은 신경전이 오갔다.

실제로 윤재중과 일을 모의한 공범은 존재했다. 그렇지만 범현이 그를 찾아냈다는 생각은 들지 않았다.

그는 마치 미끼를 던지 듯한 모습을 보이고 있었기 때문이다. 만약 윤재중이 일반 사람이었다면 침착함을 잃었을 것이다.

그러나 그는 엄연히 변호사였다.

침착함을 잃지 않았다.

"그러시죠."

"알겠습니다."

'안 넘어오네, 이거 진짜 범인이 아닌 거 아냐? 강태훈

그 자식이 괜한 말을 해가지고.'

범현의 얼굴이 와락 일그러졌다. 윤재중은 호기롭게 웃으며 공범이 있으면 한 번 통화를 시켜달라는 모습이었다.

그는 휴대폰에 조심스레 손을 가져갔다.

번호를 누르는 척 하다 그의 휴대전화가 요란하게 울렸다.

강력반 반장이었다.

"일단 이 전화 먼저 받죠."

통화버튼을 누른 그는 강력반 반장의 이어지는 말들에 얼굴에서 짙은 웃음이 생기기 시작했다.

전화를 끊은 범현은 휴대폰을 품속에 집어넣고는 허리춤에 차고 있던 수갑을 꺼냈다.

"역시나. 당신을 고연두 씨 살인미수죄로 체포합니다."

"그게 무슨…."

자신의 양 손에 범현이 수갑을 채우자 그는 눈을 휘동그레 떴다.

"방금 강력반 반장님한테 전화가 왔는데요. 고연두 씨가 깨어나셨답니다. 그리고 당신과 공범에 대해서 진술했다는데요?"

"……."

윤재중은 말을 잃었다. 슬쩍 범현의 눈치를 보더니 그를 밀치려했다.

몸을 옆으로 틀자 윤재중이 바닥에 그대로 고꾸라졌다.

"전 일단 찍어봤거든요? 근데 딱 드러 맞았네요. 공범이 있었고, 재산을 노렸던 것이고 유언장 조작. 크 역시 나의 감이란 멋지다니까."

범현은 호기롭게 웃었다. 곧 병원에서 강력반 형사들이 뛰쳐나오는 모습이 눈에 들어왔다.

"이 다음엔 저희가 맡겠습니다."

"그러세요. 봤죠? 검사의 감이라는 게 이런 겁니다."

강력반 형사들이 서둘러서 윤재중을 압박하였다. 범현은 강력반 반장을 보며 픽하고 웃었다.

강력반 반장은 윤재중과 범현을 번갈아보다가 그렇게 감쪽같이 연기를 벌인 윤재중에게 화가 난 것인지 그의 머리를 따악 때렸다.

"이 새끼! 남우주연상 노렸냐?"

"이거 아주 나쁜 놈인데요?"

그의 연기에 이제껏 속은 형사들은 울분이 솟는 모습이었다. 주머니에 손을 꽂은 범현은 곧 콧노래를 부르며 자신의 차에 올랐다.

❋

사무실에서 업무를 보고 있던 태훈은 범현이 전화를 걸자 받았다. 일이 어떻게 처리되었는지 궁금했기 때문이다.

범현이 해주는 말들을 귀에 담은 태훈은 얼마 지나지 않아 전화기를 껐다.

작은 한숨이 흘러나왔다.

역시나 윤재중이 그 사건의 범인이 맞았다.

결정적인 순간에 다행이도 그의 와이프가 정신을 차렸다고 한다.

문제는 잠시 정신을 차렸던 와이프는 몇 시간 지나지 않아 사망했다는 이야기였다.

그렇다는 것은 이제 윤재중은 단순 살인미수가 아니라 살인교사죄에 해당 된다는 것이다.

살인교사죄는 즉, A가 B에게 살인을 시키고 B가 살인을 하면 A에게 살인교사죄가 성립하게 되며 B는 살인혐의가 생기는 것이다.

물론 A는 실제로 자신의 손으로 사람을 죽이지는 않았지만 B와 마찬가지로 살인을 한 형량을 받게 된다.

공범의 경우는 자신의 변호사 사무실의 변호사 중 한 사람이 저질렀다고 한다.

윤재중의 신변에 일이 생겨서 와달라고 한 후, 흉기로 협박하며 유언장을 작성하게 하고 독극물을 마시게 한 것이다.

물론 그 공범 역시도 현재 구속영장이 발부되어 구치소

에 수감되어 있는 상태였다.

'이거 나만 개과천선 했네.'

자신과 함께 과거 돈 맛에 들려 있던 윤재중이 자신처럼 새로운 삶을 살기를 바랬건만. 그게 말처럼 되지 않았다.

자신은 개과천선했지만, 그는 태훈이 겪었던 과거의 삶보다 더욱 안 좋은 길로 가게 되었다.

살인교사죄.

아마 범현이 10년 이상을 때릴 것이다.

그렇지만 태훈은 곧 훌훌 털어버렸다.

어차피 과거의 인연은 과거의 연이었기 때문이다.

순식간에 머릿속에서 윤재중이란 사람을 지워버린 태훈은 다시 업무를 보기 시작했다.

NEO MODERN FANTASY & ADVENTURE

2. 내 친구의 원수

내 친구의 원수

/

태훈의 차가 도혜의 집으로 향하고 있었다. 그녀의 차량이 고장났다고 한다. 사실 이렇게 태훈이 데려다 주는 게 일주일 정도 지속되고 있었는데, 태훈은 어느 정도 눈치를 챘다.

도혜의 차는 고장나지 않았다.

서로가 워낙 바쁘다보니 퇴근시간만이라도 태훈과 함께 보내고 싶은 도혜가 꼼수를 쓴 것이다.

여자들의 이런 꼼수야 흔히 찾아볼 수 있는 것이었고 태훈도 가벼운 애교로 생각하고 있었다.

자신도 사실 이렇게 퇴근시간만이라도 볼 수 있는 게 좋았다.

"나 차 팔아버릴까 이참에?"

"뭐 그래도 되고."

"그럼 네가 매일 데려다줄 거야?"

"그럼. 뭐 그게 어려운 일이라고."

태훈은 픽하고 웃었다. 도혜는 신난다는 모습이다.

"범현이 요즘 많이 힘든 것 같더라."

"응?"

태훈은 범현의 이야기가 나오자 그녀를 돌아보았다. 도혜는 우물쭈물 하다가 말한다.

"20년 전 누나 사건. 범현이가 아직도 혼자 조사하고 있는 것 같더라고."

"그래."

아무래도 도혜의 경우 같은 지청에서 근무하고 있기 때문에 친구인 태훈보다도 그런 부분은 더 잘 알고 있을 것이다.

"위에서는 계속 공소시효가 끝난 사건을 범현이가 파려고 하니까. 낌새만 생기면 좌천 시키려는 것 같고…."

검찰에서의 좌천이라고 하면 서울중앙지방 검찰청에서 지방으로 발령을 시키는 것이었다.

범현이야 출세욕이 크게 없는 케이스였기 때문에 좌천 따위는 아랑곳하지 않을 것이다.

그렇지만 좌천으로 끝나는 것이 아닌 검사복을 벗게 되

는 일이 생길지도 몰랐다.

"술이나 한 잔 해야지 뭐."

태훈으로써는 범현에게 해줄 수 있는 것이 없었다. 친구로써 술 한 잔 나눌 뿐.

도혜는 고개를 끄덕였다.

어느새 도혜의 집 앞에 차가 도착했다.

차에서 그녀가 내리고 태훈도 함께 내렸다.

"잘 가, 데려다줘서 고마워."

"그래. 들어가."

"맞다. 우리 부모님이 너 좀 빨리 보여 달라는데."

도혜의 말에 태훈은 어색하게 웃었다.

"그, 그래? 하, 하하. 하긴 우리 둘도 나이가 있으니."

"언제쯤이 좋을까."

막상 도혜의 부모님을 뵙는다는 것에 태훈은 말문이 닫혔다.

"이번 주 주말 저녁에 우리 집에서 밥 먹는 걸로. 어때?"

"그래."

그녀가 안으로 들어가고 태훈은 그제야 한숨이 턱 흘러나왔다.

"큰일났네."

누구든 여자친구의 부모님을 뵙는다는 것은 설렘이나 기쁨 그런 감정보다는 두려움과 긴장감으로 오기 마련이다.

태훈도 다를 바는 없었다.

그는 곧 차에 올랐다.

❈

강문헌은 자신의 손에 들린 깨진 맥주병을 떨어트렸다. 그의 손은 붉게 물들어 있었다.

그의 피가 아닌 친구 우원도의 피였다.

우원도는 처참하게 바닥에 누워있었다.

머리에서 흥건하게 흐르는 피는 어느덧 바닥을 적시고 있었다.

"하하. 이 친구야. 이렇게 자네도 나도 끝나버렸네. 응? 모두 끝나버렸어."

강문헌은 허탈한 웃음을 지었다. 자신이 오랜시간 자신과 친구였었던 우원도를 죽이고야 말았다.

30년. 그것이 두 사람이 알고 지낸 세월이었다. 그렇지만 강문헌은 슬프지 않았다.

"자네가 날 이렇게 만들었어? 응? 보라고 이 병신 같은 다리 좀 보라고."

그는 시체의 앞에서 하소연했다.

"왜 항상 날 그런 식으로 이끄는 거야. 이 친구야. 모든 건 다 끝났어. 응? 다 끝났다고!"

그는 우원도의 시체 앞에서 한껏 욕설을 퍼부었다.

강문헌의 집 한 켠에는 신문이 놓여져 있었다.

-이범현 검사. 거성파 일망타진!

-검사 이범현. 아버지 이범훈과 같은 정의로운 법조인 되고 싶어….

-20년 전 '판사 자녀 납치사건' 결국 공소시효 지난 채 미궁 속으로….

※

깔끔한 정장을 차려입은 태훈은 도혜의 집 앞에 도착했다. 그녀를 차에 태운 후 그녀의 부모님이 계신 집으로 향했다.

그녀의 가족관계는 아버지 어머니. 그리고 도혜 이렇게 끝이었다.

도혜의 집의 경우 꽤나 부유한 층에 속하는 편이셨다.

아버지께서 국내에서 유명한 게임회사의 부사장직을 맡고 계셨다.

태훈의 차량이 향한 곳은 강남의 주택가였다.

주택가 앞에서 차를 세웠다. 담이 태훈의 키보다도 훨씬 높았다.

아마 현가 40억을 넘어서지 않을까 싶었다.

검찰청 사람들 중 일부를 제외하고는 그녀가 이렇듯 부유한 부모님을 두었다는 사실을 모르고 있었다.

그녀도 자신의 부모님에 대해서 자랑하듯 떠벌리는 건 좋아하지 않았다.

초인종 버튼을 눌렀다.

-도혜 왔니?

인터폰을 통해서 건너편. 도혜의 어머니의 얼굴이 보였다.

"안녕하십니까. 장모님!"

-오호호, 네에.

띠리리릭

곧 문이 열리고 두 사람이 함께 안으로 들어갔다. 현관으로 들어가는 곳 인근에 작은 정원이 펼쳐져 있었다.

문을 열고 들어가자 귀품이 흐르는 도혜의 어머니가 반겨주었다.

"어서 와요."

태훈은 꾸벅 고개를 숙여보였다. 역시 집안도 넓었다.

도혜의 어머니는 태훈을 보고는 웃었다.

"듣던 데로 훤칠하게 잘 생겼네."

"그럼 누구 남자친구인데."

"호호, 너 능력 좀 된다?"

"엄마하곤 다르게 남자 보는 눈이 있지."

"허험!"

소파 쪽에서 묵직한 남성의 기침소리가 들렸다.

"안녕하십니까! 장인어른!"

도혜의 아버지가 소파에 앉아서 신문을 들척이고 계셨다. 도혜가 고개를 절레절레 저었다.

"또또 연기한다. 언제부터 신문을 보셨다고."

"흠!"

"호호, 너희 아빠 두 사람 오기 30분 전부터 안 보던 신문을 들더라니까?"

"흠! 무슨 소리야. 나 매일 이렇게 신문 자주 보잖아?"

도혜의 아버지는 근엄한 목소리로 두 모녀를 보며 말했다. 두 사람이 고개를 갸웃했다.

신문을 보기는 개뿔.

집에 오면 자기만 하는 양반이었다.

"아빠 자주 보는 신문이 왜 날짜가 3년 전 꺼야?"

"에잇! 이렇게 두 모녀가 이 집안의 가장을 못 잡아 먹어서 안달이니!"

도혜의 날카로운 지적에 그는 신문을 한 구석에 던져놓고는 몸을 일으켰다.

키가 태훈만큼이나 크셨다.

얼굴로 장난끼도 가득하신 분이었다.

"반갑네."

"강태훈이라고 합니다. 장인어른."

그의 손을 마주잡아주었다.

곧 이어 식사를 하기 위해 식탁으로 향했다.

진수성찬이 한 상 똑 부러지게 차려져 있었다.

"어때요, 먹을 만 해요?"

"맛있습니다. 장모님."

"호호호!"

태훈은 음식을 먹으면서 아부를 떨듯했다. 다행이도 두 분 모두 태훈을 마음에 들어 하시는 것 같았다.

특별한 건 없었다. 여느 집과 다를 바 없이 부모님은 뭐 하시냐. 하고 있는 일은 할만 하냐 등의 이야기가 오갔다.

한 그릇을 뚝딱 해치우자 장모님이 태훈의 밥그릇을 집었다.

"한 그릇 더 먹어요."

"아, 네."

태훈은 반찬도 많이 먹어 배가 불렀지만 그녀는 다시 밥을 산처럼 쌓아서 태훈의 앞에 놓았다.

"배부르면 먹지 마."

"아니야, 배고픈데 뭘."

도혜의 걱정스러운 목소리에 태훈은 고개를 저으며 입 안에 음식을 채워 넣었다.

"그럼 두 사람 결혼은 언제 할 건가?"

"켁!"

입안에 한껏 음식을 밀어 넣던 태훈이 장인어른의 말에 사레가 들려 켈룩거렸다.

장모님도, 장인어른도. 그리고 도혜도 내심 기대어린 표정으로 태훈을 바라보았다.

"되도록 빠른 시일 내에 하는 게 좋지 않을까 합니다."

"그렇지? 나도 손주 놈이 어서 보고 싶거든. 당장 다음 달에 해도 되고."

"다음 달은 무슨. 우리 사위 불편하게 하지 좀 마요. 여보."

태훈의 대답에 모두의 얼굴로 웃음이 피웠다. 태훈의 대답은 도혜가 결혼상대로써 부족하지 않다는 말과 같았다.

그녀의 부모님의 경우 도혜도 나이가 있고 태훈도 나이가 있기 때문에 서둘러 두 사람이 결혼을 했으면 하는 바램이 있었다.

식사를 끝내고 태훈은 장인어른의 앞에 무릎을 꿇은 채 공손히 술잔을 채워드렸다.

"그래, 자네도 한 잔 받지."

"네."

장인어른이 따라주는 술을 받아든 태훈은 고개를 옆으로 틀어 단숨에 들이켰다.

"여기 과일."

도혜가 깎아 온 과일이 두 사람의 앞에 놓였다.

"엄마 설거지 도와줄까?"

그녀도 눈치는 있었기에 남자들끼리 이야기 하라고 자리를 비켜줬다.

"우리 도혜가 겉으로 보기에는 털털하고 남자다운 모습이 있긴 해도 속은 아주 여리고 약한 아이야."

"네."

"자네 이야기는 많이 들었네. 자네는 자네가 가고 싶은 길로만 걷게. 돈을 많이 벌어서 성공한 사람이 있는 법이고. 자신의 주관대로 성공한 사람이 있기 마련이지. 자네는 후자인 것 같더군. 내가 봤을 땐 아주 괜찮아."

그는 픽하고 웃었다.

태훈이 그의 마지막 말에 집중했다.

"내가 돈이 많으니까."

그는 그렇게 말하고는 다시 술을 들이켰다.

자신들 쪽이 돈이 많으니, 태훈으로써는 돈 걱정을 하지 말라는 말씀이었다.

그렇지만 태훈도 남자로써는 상당히 부끄러운 이야기를 듣는 것이었다. 그는 어색하게 웃기만 할 뿐이었다.

가끔은 이렇듯 돈이 최고인 세상에서 자신의 줏대대로 움직이고 있는 스스로 때문에 후회가 될 때도 있었다.

장인어른은 그의 생각을 읽은 듯 말 없이 술을 따라줬고 태훈은 다시 한 잔 단숨에 털어 넣었다.

　밤이 늦어서야 태훈은 도혜의 집에서 나왔다.

　"어땠어?"

　"두 분 모두 좋은 분이시던데? 재밌었어."

　"재미는 무슨. '나 불편하오.' 얼굴에 써있드만."

　도혜의 정곡을 찌르는 말에 태훈은 픽 웃었다. 이 자리가 불편하지 않았다면 그것이 비정상인 것이었다.

　"다음엔 자기 부모님 뵈러 내려가자."

　"그럼. 그래야지."

　태훈은 고개를 끄덕였다. 도혜가 태훈의 입에 입을 맞춰주고 곧 태훈은 대리운전기사가 도착하자 차에 올랐다.

❊

　살인사건이 일어났다. 태훈이 듣기로는 오랜 죽마고우를 홧김에 한 살해라고 들었다. 접견실 안으로 들어오는 강문헌이라는 남성은 한쪽 다리를 절고 있었다.

　현재 그는 공장에서 단순 노동을 하고 있다. 라고 이야기를 들을 수 있었다.

　이번 사건의 변호를 맡게 된 것이 바로 태훈이었다.

　태훈은 자신의 앞에 앉은 야윈 얼굴의 남성이 허탈하게 웃고 있자 의아한 표정을 지으면서도 자신을 소개했다.

"이번에 강문헌 씨 변호를 맡게 된 국선 변호인 강태훈이라고 합니다."

"강태훈이라. 이거 세상 인연이 참 기고한 것 같네."

"네?"

태훈은 허공을 보면서 혀를 끌끌 차는 그를 보며 고개를 갸웃했다.

생각에 빠진 그는 픽하고 웃었다. 강문헌의 머릿속으로 한 여자아이의 목소리가 퍼졌다.

'아저씨 제발 보내주시면 안 돼요?'

그는 조심스레 눈을 떴다.

태훈은 여전히 의아한 표정을 짓고 있었다.

'어차피 모두 끝나버렸어. 그렇지? 조금이라도 편해질 수 있다면야…'

강문헌은 이미 태훈에 대해서 알고 있었다. TV나 신문에서 보아서가 아니었다. 이범현을 주시하게 되니 저절로 그의 옆에 강태훈이라는 친구가 있음을 알 수 있게 되었다.

하늘이 참 원망스럽다.

자신에게 붙은 변호사가 이범현의 친구라니.

마치 이제 그만 모든 것을 털어 버리라는 하늘의 지시 같았다. 어차피 이제 자신에게 남은 것은 없었다.

남은 것이라고는 자신이 가진 죄책감 뿐이었다.

"난 말일세. 자네 친구 이범현을 아주 잘 알고 있네."

"범현이요?"

이범현에 관련한 이야기가 나오자 태훈은 의아한 표정을 지었다.

"그리고 이범현의 누나인 이유지도 잘 알고 있네."

태훈은 범현의 누나의 이름이 나오자 자신도 모르게 벌떡 몸을 일으켰다.

"당신이 어떻게 이유지라는 이름을 아십니까?"

이유지. 범현이 그토록 그리워하였던 그의 누나의 이름이었다. 일단은 그 이름을 알고 있는 것만으로도 놀라움으로 다가왔다.

그녀는 이미 20년 전 죽은 사람이었기 때문이다.

"난 아직도 그 아이의 눈물을 잊을 수가 없네."

"그게 도대체 무슨 소리냔 말입니다!"

자신에게 어째서 이유지의 이야기를 하는 것인가. 어떻게 앞의 강문헌이 이유지를 알고 있는 것인가.

그리고 그 눈물이란 단어는 무엇이란 말인가.

"20년 전 '판사 자녀 납치사건'의 가해자가 나일세."

그는 허탈하게 웃었다. 마치 모든 것을 내려놓은 듯 그는 뱉어낸 말이었다.

태훈의 머리가 둔탁한 무언가에 맞은 것처럼 새하얘졌다. 숨이 턱하니 막혔다.

그는 벌떡 몸을 일으켰다.

가만히 두지 못한 몸을 왔다갔다 움직였다.

입술을 질끈 깨물었다.

범현이 오래 동안 찾아 헤맸던 사람이다.

오로지 누나의 복수를 위해 찾아 헤맸던 사람이다. 얼마나 범현이 가슴 아파하고 힘들어했는지 친구인 태훈이 누구보다 더 잘 알고 있는 사실이었다.

태훈의 손이 왈칵 그의 멱살을 움켜쥐었다.

"저한테 그 사실을 말하는 이유가 뭡니까."

굳이 그 사실을 왜 자신에게 말하는 것일까. 그가 입을 다문다면 영원히 수면 밑으로 사라지게 될 일일지도 몰랐다.

물론 범현은 더욱 괴로워하게 될 것이었다. 그렇지만 범인이 발견되면 범현은 어떤 짓을 저지를지도 모른다.

20년을 복수만을 가슴에 품고 살았던 범현이다.

정의를 위한 검사가 되었다고는 하나. 그 사건의 가해자 앞에서 그가 정의를 운운하는 검사가 될 수 있을지는 알 수 없었다.

"나에겐 매일 같이 그 아이의 울음소리가 들려. 이제 그만 나도 좀 편해지고 싶어…."

"당신 편하자고! 나한테 이러는 이유가 뭐냐고!"

태훈은 현재 강문헌의 국선 변호인 자격으로 그의 앞에

앉아있는 것이었다. 그리고 그는 자신의 가장 친한 친구의 누나를 죽음까지 몰고 간 장본인이었다.

자신에게 너무 많은 짐을 안겨주고 있었다.

이래서는 안 되는 것이었다.

"나도 이제 그만 용서받고 싶거든. 자네가, 자네가 날 용서받게 해주면 안 되겠나? 응? 내가 죽였네. 이 사건의 모든 원흉인 우원도를 내가 죽였어! 그러니 내가 이제 그만 편해지게 도와주게."

"우원도…."

태훈은 우원도라는 이름을 곱씹었다. 강문헌의 30년 지기 죽마고우였다.

그 우원도가 원흉이라고 강문헌은 주장하고 있었다.

강문헌의 입이 천천히 열리기 시작했다.

❈

문헌은 머리가 하얘졌다. 원도의 말처럼 이게 옳은 것일까. 자신의 딸을 살리겠다고 다른 이의 소중한 딸을 이렇게 해도 되는 것일까?

그의 머릿속은 복잡한 혼란 속에 빠져있었다.

툭!

"야이 새끼야! 무슨 생각하는 거야 도대체! 응?"

몇 번이나 그의 이름을 옆에서 불렀던 우원도는 갑갑했던 지 그의 어깨를 팍하고 쳤다.

두 사람은 봉고차에 타고 있었다.

"너 아직도 망설이는 거냐? 그럼 지윤이는 어떻게 할래, 그대로 치료 한 번 못 받고 죽게 둘 거야? 응?"

"지윤이는… 아무리 그래도 이건 아니잖아."

강문헌의 손이 파르르 떨렸다.

우원도는 헛웃었다.

"병상에서 무서워하고 있을 네 딸을 생각해. 문헌아. 내 말 잘 들어. 우린 아무 짓도 안 할 거잖아. 돈 만 받고 보내주면 돼. 그 사람들은 그냥 기부하는 거라고. 불쌍한 너랑 나한테 기부하는 거라고 임마."

우원도는 말도 안 되는 말로 강문헌의 복잡한 머리를 흔들어놓고 있었다.

"알잖아. 세계적인 한복 디자이너. 연 수익이 족히 1억은 넘을 걸? 우리가 요구할 5천은 아무것도 아닌 거라고!"

강문헌의 동공이 흔들렸다. 그렇다. 지금 자신들이 쫓고 있는 어린 여자아이의 어머니는 세계적인 한복 디자이너였다.

아버지는 판사로 근무하고 있었다.

'그래, 그런 사람들한테 5천 따위야…'

"정말 아무 짓도 안 하고 보내주자. 돈만 받으면 보내 주

는 거야."

"그래. 자식아. 이제야 정신 차렸네."

우원도는 안도의 미소를 지었다. 강문헌은 자신의 딸 지윤이만 생각하기로 했다.

문헌이 뒷좌석으로 옮겨 탔다.

천천히 목표인 여성과 근접해지고 있었다.

차창이 내려갔다.

"학생, 여기 한옥마을 가려면 어떻게 해야 하나?"

"한옥마을이요? 이쪽에서 쭉 가셔서 좌회전 하셔서 객사 쪽으로…"

"객사? 객사는 또 어떻게 가는데."

이유지라는 여자아이는 순박한 아름다움을 가진 아이였다. 난처하게 길을 설명해주는 그녀였다.

'나도 모르겠다! 한 번만 도와줘라! 제발!'

강문헌이 뒷좌석의 문을 열어 재끼며 박차고 나섰다. 마취제를 묻힌 손수건으로 입을 막았다.

"우우웁!"

발버둥 쳤지만 곧 잠잠해졌다. 뒷좌석에 양 팔로 들어 올려 실었다.

차는 그대로 출발했다.

"어때, 생각보다 쉽지? 빨리 묶어."

"으응…"

강문헌은 한없이 작고 가녀린 잠에 빠져든 이유지를 보며 어쩔 줄을 몰라 했다.

곧 마음을 굳게 먹고는 준비한 청테이프로 팔을 등 뒤로 해서 양 손을 묶고 다리도 묶고 입을 막았다.

차는 그녀를 숨겨둘 야산으로 향하고 있었다.

이주일이 지났다.

첫 일주일. 이유지는 무척 불안해했다. 그리고 자신들도 전화로 5천의 금전을 요구하며 경찰에 신고할 시 즉시 살해하겠다고 위협했다.

그리고 접선하기로 한 어제. 일이 틀어졌다.

이범훈 판사가 경찰에 신고했다.

이범훈은 엄연히 사법부의 최고 권력자라고 불리는 판사라는 직업을 가진 이였다.

검찰, 경찰이 혈안이 되어 어떻게든 자신들을 잡기 위해 움직이고 있을 것이었다.

여기에서 섣부른 행동은 금물이었다.

그들은 자신들을 추적할 것이다.

"뭐라도 좀 먹어야지."

강문헌은 죽을 떠서 온 몸이 의자에 속박 된 유지에게

내밀었다.

　처음에는 누구보다 두려워했던 그녀는 어린아이답지 않게 침착해지고 냉정해지고 있었다.

　강문헌과 우원도가 당혹할 정도였다.

　이유지는 죽을 수저로 떠서 권해도 입을 열어 먹지 않았다.

　"아오! 이 개 쌍년! 쳐 먹기 싫음 쳐 먹지마!"

　안절부절 못하던 우원도는 그녀가 문헌이 떠먹여줘도 싫다고 고집을 피우자 문헌의 손의 죽그릇을 후려쳤다.

　죽은 바닥으로 떨어졌다.

　원도의 손이 그녀의 턱을 잡았다.

　"야 이 개쌍년아 어떻게 할 거야? 응? 너희 아버지가 경찰에 신고했다고."

　"그게 애 잘못은 아니잖아."

　떨어진 죽그릇을 집어든 강문헌은 그가 잡은 손을 풀어냈다. 우원도는 황당하다는 듯이 번갈아서 두 사람을 보았다.

　"어휴! 이 착해 빠진 새끼! 네 딸 죽고서도 그러나 보자!"

　우원도는 거칠게 밖으로 나섰다. 딸의 이야기에 강문헌은 품에서 담배를 꺼내 입에 물었다.

　허공으로 뿌연 연기가 흩어졌다.

　"저 보내주세요. 제발요."

이유지는 강문헌이 그렇게 나쁜 사람이 아니라는 것을 알아챈 듯 싶었다. 그를 설득해 이곳을 벗어날 수 있다는 생각을 하고 있는 듯 싶었다.

그는 그 말을 무시했다.

"아저씨, 제발요. 아저씨 나쁜 사람 아니잖아요."

"뭐? 내가 나쁜 사람이 아니야? 이렇게 사람을 납치한 내가 그럼 좋은 사람이라도 되겠어?"

그는 옆에 놓인 쇠파이프를 집어 들어 위협했다. 그렇지만 유지는 눈 하나 깜빡하지 않았다. 강문헌이 당혹할 정도였다.

거칠게 쇠파이프를 던졌다.

"에이 씨발!"

괜한 담배만 태워댔다. 얼마나 지났을까.

"엄마, 아빠 안 보고 싶냐?"

"보고 싶어요. 엄마도 아빠도… 그리고 동생도."

"동생? 아 남동생 하나 있지."

강문헌은 우원도가 사건을 계획하기 전 확보한 가족관계를 떠올렸다.

그녀는 힘겹게 웃었다.

이 무서운 상황에서도 꿋꿋하기 위해 억지 웃음을 지었다.

"저 없으면 아무것도 못하는 녀석이에요. 키도 체구도

다른 또래 애들보다 작거든요. 지금 아마 울고 있을 거예요. 엄청난 울보거든요."

목이 메인 목소리로 그녀는 말했다. 문헌의 말문이 턱 막혔다.

"미안하다. 근데 나도 어쩔 순 없다."

"아저씨… 제발 보내주세요."

"곧 그 동생 볼 수 있을 거야. 지금은 아니어도. 이 아저씨가 그거 하나만큼은 약속하마."

문헌은 희미하게 웃었다. 자신들이 잡히던지, 아니면 그냥 보내주던지 할 것이다.

애초에 살인은 계획에 없었으니까.

딸 지윤의 병원에 다녀온 강문헌은 야산을 올랐다. 그리고 낡고 초라한 폐가에 도착했을 때 그는 허겁지겁 밖으로 뛰쳐나오는 우원도를 보고는 고개를 갸웃했다.

바지를 추스르는 그의 행동이 심상치가 않았다. 그는 주위를 두리번 거리더니 낡은 낫을 집어 들고는 안으로 들어갔다.

강문헌의 눈이 휘둥그레지며 뛰쳐 들어갔다.

안에는 울음을 터뜨리며 속옷을 서둘러 챙겨 입으며 두려움에 떨며 자신의 몸을 최대한 가리기 위해 노력하는 유지가 있었고 그녀를 향해 낫을 뒤로 젖히는 우원도가 있었다.

퍼억!

단숨에 강문헌이 몸을 날렸다.

"뭐하는 거야! 지금!"

쿵!

벽에 부딪친 우원도는 팔을 문지르며 소름 돋게 웃었다.

"죽여야 해. 죽이기 전에 아까워서 한 번 했다. 문헌이 너도 할래?"

언제 잡힐지 모른다는 불안감이 우원도를 반쯤 정신을 놓게 만든 듯 싶었다. 문헌의 시선이 부르르 몸을 떠는 유지에게 향했다가 입술을 질끈 깨물었다.

"죽이지는 않기로 했잖아."

"문헌아 지금 상황이 달라졌어. 만약 저대로 돌아간다면 분명히 우리한테 해가 될 거라고. 차라리 죽이는 게 나아."

"그래도 이건 아니야."

"어차피 넌 이런 일 못하잖아. 그러니까 내가 할 테니까. 지켜보기나 해."

침을 바닥에 뱉은 우원도는 히죽 웃었다. 낫을 꽉 쥔 우원도는 천천히 유지에게 다가가고 있었다.

강문헌은 이대로 지켜볼 순 없었다.

그는 바닥의 쇠파이프를 집어 들었다.

그리고는 그의 등을 힘껏 내리쳤다.

태엥!

"꺼억! 너, 너…!"

바닥에 고꾸라진 우원도를 수 차례를 내리쳤다.

"끄으윽."

얕은 신음을 흘리는 그를 두고 이유지에게 다가갔다.

"옷 입어. 빨리!"

"야… 강문헌…!"

우원도는 비틀거리며 몸을 일으키려 했지만 쉽사리 되지 않는 듯 싶었다. 유지가 서둘러 옷을 챙겨 입었다.

"가자."

그녀의 등을 떠밀었다. 어서 나가야했다. 최대한 그녀가 도망치게 도와야했다.

그렇지 않으면 우원도의 손에 죽을 것이다.

막 문 밖으로 그녀가 나서는데 그녀의 다리가 절뚝였다.

"다리가 왜…."

그녀는 아무런 말도 하지 못하고 울먹거렸다. 아마도 우원도에게 당하면서 다리를 접지르고 힘이 풀린 것 같았다.

그는 힘껏 그녀를 안아들었다.

"하아하아, 집에 가는 거야. 알았지. 가서 아빠 엄마랑 행복하게 살아. 응? 다른 애들보다 약하다던 동생이랑도

행복하게 살고. 그리고 내가 정말. 내가 미안하다."

그녀를 안고 산을 내려가는 그는 거친 숨을 몰아쉬면서 말했다.

그러나 등 뒤에서 어느새 정신을 차린 우원도가 쫓아오고 있었다.

문헌은 그녀를 안고 있는 상황이었다. 당연히 정신을 차린 그에게 금세 따라잡힐 수 밖에 없었다.

퍼억!

몸을 날린 우원도에 의해 그녀와 문헌이 바닥을 굴렀다.

"이 쌍년! 어딜 도망…!"

우원도가 낫을 들고 그녀에게 달려드려는 찰나. 강문헌의 손이 그의 바짓단을 잡고 놔주지 않았다.

"어서 가! 빨리!"

"아, 아저씨…."

"빨리 가! 조금만 내려가면 돼. 빨리!"

문헌은 다급했다. 우원도가 그를 힘껏 밟았다.

"이거 놔 이 새끼야! 저년 도망가면 우리 둘다 잡힐지도 모른다고."

그는 사정없이 머리를 짓밟히고 맞아도 그 손을 놔주지 않았다. 유지는 천천히 하산하고 있었다.

강문헌이 바닥의 돌을 움켜쥐고는 힘껏 몸을 일으켜 우원도의 머리를 후려쳤다.

"크윽. 이 씨발 빌어먹을 새끼!"

우원도도 일이 틀리자 화가 머리 끝까지 났다. 그는 손에 쥐고 있던 낫을 막무가내로 휘둘렀다. 그 낫은 어느 순간 푸욱! 하는 소리와 함께 강문헌의 다리에 박혀 있었다.

"무, 문헌아⋯."

순간적으로 정신이 든 우원도는 털썩 무릎 꿇었다. 문헌이 자신의 다리를 잡고 괴로워했다.

"끄으으윽⋯!"

우원도는 유지 쪽으로 시선을 돌렸다. 그녀를 잡아야했다. 그러나 강문헌의 손이 그의 멱살을 움켜잡고 있었다.

"죽이지 마라. 끄읍⋯ 그만하자. 원도야."

"빌어먹을 착해 빠진 새끼⋯!"

그는 이빨을 빠드득 갈았다. 문헌의 다리에서 피가 철철 흐르고 있었다.

어느새 유지는 보이지 않을만큼 산을 내려갔다.

툭 툭툭

하늘에서 굵은 빗방울이 떨어지기 시작했다.

강문헌의 다리의 피를 빗물은 씻기고 있었다. 우원도는 그의 팔을 붙잡고 도혜가 내려간 곳의 정반대 쪽으로 문헌을 부축하며 내려갔다.

※

"그 일이 있은 후 내 다리가 이렇게 되었지. 천벌을 받은 거야. 바로 치료를 받았다면 이렇게 되지 않았을 거야. 그렇지만 병원에 갔다면 잡힐 거라고 생각했어. 내려가던 그 아이가 내가 다리를 부여 잡고 쓰러지는 걸 봤으니까."

태훈의 몸이 부르르 떨렸다. 그는 가슴의 두근거림을 숨을 뱉어내며 진정시켰다.

사실상, 이유지가 모든 것을 확실시하게 진술했다면 두 사람은 잡혔을지도 모른다.

일단 이유지는 어느정도 문헌의 딸에 대해서 알고 있었다. 문헌과 원도의 이야기를 들은 게 있을 테니까.

그 때문에 우원도가 살해하려고 했던 것일 거다.

만약 그 사실이 밝혀지면 경찰은 일곱 살 딸인 강지윤이라는 여자아이를 찾기 위해 병원을 들쑤시고 다닐 테니까.

"그 아이는 내가 딸 때문에 어쩔 수 없이 범행에 가담한 걸 안거야. 그 때문에 사실 그대로를 경찰에 진술하지 않은 것 같아."

물론 문헌의 추측일 뿐이었다. 확실히 경찰은 유지가 도망쳐 나오고서도 몽타주 하나 그려내지를 못했다.

유지는 항상 눈에 안대가 차져 있어 어둠에 갇혀있었다고 진술했으니까.

"참 지금 생각해보면 웃기는 아이지. 자기를 납치한 납치범을 동정 한 거야. 그 아이는. 쯧. 그런데 6개월 정도 후에 유지가 내 딸 지윤이를 데리고 가더군."

그는 전구 빛 아래 허공을 보면서 쓴 웃음을 지었다.

"내 딸 지윤이가 결국 죽고 그 아이가 자살했다는 기사를 접할 수 있었네. 우리 지윤이를 데려간 거 같아."

그의 눈시울이 붉어졌다. 천천히 눈물이 탁자를 툭툭 때리기 시작했다.

"그 아이는 날 용서했네. 그렇지만 말이야. 난 이제, 난 이제 이범현. 그 친구한테 용서 받고 싶어. 그 가족에게 용서 받고 싶어. 이제 그 일로부터 완전히 자유로워지고 싶어…."

"이런…."

태훈의 이빨이 뿌드득 갈렸다.

"이기적인 새끼…."

그 말이 끝나는 순간이었다. 태훈의 주먹이 그의 얼굴을 격하게 후려쳤다.

퍼억!

그는 바닥에 털썩 쓰러졌다. 태훈은 결국 화를 참지 못했다. 유지가 그를 생각해 진술하지 않았다면 스스로의 발로 자수했어야 한다.

범현이 그토록 그들 때문에 힘들어했으니까.

이제 20년이란 시간이 지났다.

이제 와서 늙고 병들고 가진 것 하나 없게 되니. 용서를 받고 편안해지고 싶다고?

그가 편안해지면 이제 범현이 힘들어지게 될 것이다. 지금보다 더 힘들어질 것이다.

그것을 친구로써 보라는 것인가?

그것도 강문헌의 변호사가 되어서?

접견실 안으로 요란한 소리를 들은 형사가 들어왔다.

"무슨 일 있습니까?"

형사는 문헌이 한 쪽 뺨이 붉어진 채 절뚝이며 몸을 일으켜 의자에 앉고 태훈은 그 앞에 씩씩 거리며 있자 놀란 눈을 크게 떴다.

지금의 시대가 어떤 때인가.

변호사가 수감자를 때리다니. 형사는 당혹했다.

변호사는 그만큼 법을 잘 아는 사람인데, 주먹을 휘둘렀다는 것에.

"아무 일 없소."

강문헌은 그것을 묵언했다. 그러면 된 것이다. 폭행죄도 뭐도 성립되지 않았다.

형사는 눈살을 찌푸렸다.

"폭력은 안 됩니다. 아시겠습니까?"

그는 으름장을 놓고는 나갔다. 자신도 괜히 접견실에서

변호사가 폭력을 행사했다는 말이 나가면 좋을 건 없었으니까.

태훈은 숨을 가다듬으며 거칠게 자신의 자리에 앉았다.

잠시 눈을 감고 잡념에 빠졌다. 그의 눈이 떠졌을 때 그는 질문한다.

"우원도는… 우원도는 왜 죽였습니까."

"죽이길 잘했어. 또 다시 납치를 모의하자고 말하더군. 하하."

그의 웃음은 무척이나 슬퍼보였다.

"그때도 그랬지만 이번에는 더 참을 수 없었네. 그때를 들쑤시며 함께하지 않으면 모두 불어버린다고 말하더군."

"증거는 존재합니까?"

"휴대폰 문자내역이 있지."

태훈은 고개를 끄덕였다. 그는 범현과 자신이 친구 사이가 아닌 단순한 변호사라는 관점에서 사건을 훑어보기로 했다.

그는 즉, 이번 살해사건에 구속됨으로써 함께 20년 전의 그 사건을 자수한 것이었다.

20년 전의 그 사건은 이미 공소시효가 끝났기 때문에 본래 그들이 자수했다고 한들, 수사가 종료된 것이었기에 구속할 수 있는 방법은 없었다.

그러나 이런 경우는 달랐다.

이미 그는 살해죄라는 꼬리표가 부착되었다.

이 상황에서 법정에 그가 20년 전의 사건의 가해자라는 사실이 밝혀지면 판사가 가중처벌 함으로써 그 때 당시의 사건의 처벌도 가능하게 되는 것이다.

즉, 납치사건을 살인사건과 겹치게 할 수 있었다.

그리고 이번에는 범현의 친구의 입장으로써 골똘히 생각해보았다.

생각은 꽤나 깊었다. 흥분을 가라앉히게 된 태훈은 어느 때보다 냉정해져 있었다.

"자수하지 마십시오. 20년 전 그 사건."

태훈의 말에 강문헌은 헛웃었다. 태훈이 생각하는 바를 알아챘다.

"지금 와서 그 범죄사실을 밝혀서 죄 값을 받아 용서를 받겠다는 사상이 어디서 나오는 말도 안 되는 겁니까. 아무리 당신이 그때 우원도의 강요에 못 이겨 범행에 동참했다지만 당신은 납치에 가담한 공범임이 다를 바 없는 사실입니다. 즉, 5년 이상 가중처벌 될 것이고. 더 받으면 무기징역. 더 높으면 사형입니다."

속사포처럼 빠르게 그의 말은 흩어졌다.

그의 손가락이 테이블을 툭툭 거쎄게 쳤다.

"말도 안 되는 자기합리화 하지 말란 말입니다."

"자기합리화는 자네가 하고 있구만."

강문헌은 빙긋 웃었다.

"좀 더 앞을 내다보게. 내가 잡히지 않으면 그 아이의 아버지도 어머니도 아들도 평생을 얼굴도 모르는 나를 원망하며 떠올리고 분노하겠지."

그는 씁쓸하게 웃었다.

"지금 자네가 걱정하는 거. 이범현 그 친구가 차라리 나를 만나지 않았으면 하는 거 아닌가."

정확히 간파한 것이었다. 태훈은 그와 범현이 만나지 않았으면 한다.

어쩌면 범현은 나락으로 몰리게 될 것이다.

쉴 새 없이 그를 옭아매려는 검찰부가 있었다. 그러면서도 비리 없이 살아가는 검사 이범현은 그들에게 억압되지 않았다.

그러나 이번 사건의 경우 범현에게서 과연 정말 정의가 보여질까?

누나의 죽음을 만들어낸 사건의 가해자였다. 과연 범현이 평소의 '그'가 유지될 수 있을까?

뭔가 하나라도 어긋난 일이 생기면 검찰부는 달려들어 그를 물어 뜯을 것이다. 그것으로 끝나지 않을 지도 모른다.

그래서 막으려한다.

"지금 알지 못하면 평생을 괴로워 할 거야. 그렇지만 지금 안다면. 그 고통은 순간이고 차츰 후련해지겠지."

태훈은 머리가 복잡해졌다. 어떤 답이 맞을까. 어쩌면 태훈 자신도 이기적인 생각을 하는 것일지도 몰랐다.

지금 현재 그는 변호사로써의 자신에 대한 상심에 빠졌다.

변호사로써 자신은 그의 형량을 낮추기 위해 노력해야 한다.

반대로 친구인 범현을 생각하면 그가 사형을 받았으면 한다.

그 두 가지의 혼란이 그를 더욱 복잡하게 하고 다르게는 태훈 스스로를 도망치게 하는 것일지도 모른다.

어쩌면 강문헌의 말처럼 잠깐 아플지라도.

잠깐 힘들지라도. 그를 내보이게는 게 나을지도 모른다.

태훈은 몸을 일으켰다.

그는 마이정장의 단추를 잠궜다.

"다음에 또 오겠습니다. 다음에 올 때까진 다른 형사들에게 이번 일에 대해 언급하지 않았으면 합니다. 부디."

태훈은 생각할 시간이 필요했다. 접견 시간도 거의 끝났다. 그는 나섰다.

문헌의 눈 앞으로 죽은 이유지의 얼굴이 아른거리는 듯 그는 희미하게 웃으며 중얼거렸다.

"동생이 아주 멋진 검사님이 되었어. 진심으로 걱정하

는 친구도 둔 것 같아."

※

 태훈의 머리가 깨질 듯이 복잡했다. 강문헌의 말처럼 지금 밝히면 범현은 더 이상은 그 일에 관련한 모든 것을 버리고 홀가분해질 것이다.
 그의 가족도 마찬가지다.
 그렇지만 당장 생길 후폭풍이 걱정이었다.
 물론 자신이 이렇게 생각을 한다고 해서 강문헌이 밝히지 않으리라는 법은 없었다.
 그도 20년간 목을 죄여오듯 죄책감에 살아왔을 것이다. 그리고 그것이 결국 살인으로 변모된 것일지도 모른다.
 어떤 것이 가장 나은 것일까.
 "강…변…사… 강훈…변호… 강태훈 변호사!"
 "아아, 예."
 "퇴근 안 해?"
 강태훈은 안효성의 부름에도 깊은 생각에 그 목소리조차 듣지 못했다. 효성이 흔들고서야 집념에서 깨어난 그는 주위를 둘러보았다.
 전부 퇴근하고 효성과 자신만 남아있었다.
 "요 며칠 조금 이상하다. 이번에 새로 맡은 사건이 힘들어? 하긴, 전생에 무슨 업보를 지었기에 맡는 사건마다 살인사건인지."

효성은 혀를 끌끌 찼다. 국내 최초로 '살인사건 전문 변호사'가 되어도 될 지경이다.

"힘들면 말해. 술 한 잔 살게. 나 먼저 들어간다."
"예. 들어가세요."

그가 손을 휘휘 저으며 나섰다. 태훈도 그제야 외투를 챙기고 밖으로 나왔다.

나서면서도 머릿속은 잡념으로 가득 찼다.

차에 오르려는데. 누군가 어깨를 손으로 두들겼다.

고개를 돌리자 익숙한 얼굴이 있었다.

도혜와 이범현이었다.

범현의 얼굴을 본 태훈은 가슴이 철렁했다.

'혹시 그 사실을 안 건 아니겠지?'

그럴 리는 없겠지만 괜히 불안했다.

"왜 이렇게 늦게 나와. 전화도 안 받고."
"무음으로 해놓은 걸 깜빡했네."

다행이도 아니었다. 태훈은 머쓱하게 웃었다.

"술이나 한 잔 하러 가자."

범현이 빙긋 웃으며 말했다.

도혜가 자연스레 다가와 팔짱을 꼈다.

태훈은 함께 걸었다.

그러면서도 이 행복이, 우정이 깨질까 무서웠다.

※

세 사람이 함께 술을 기울이며 이야기를 나눴다. 주제는 '꽉 막힌 자신들.'이었다. 스스로들 보아도 함께 술을 마시는 자신들은 꽉 막힌 사람들이었다.

유두리라고는 코빼기도 없는 의뢰인을 위해 뛰는 변호사 태훈.

비리에 관련한 사건은 각개격파 해버리는 검사 도혜와 범현.

누가 봐도 셋 다 출세는 건너간 사람들이었다.

"그래서 우리 셋 중 지금 우리가 걷는 길에 후회하는 사람이 있어?"

"나 후회하는데?"

범현의 호기로운 목소리에 도혜가 손을 들어올렸다.

"너 후회해? 지금 살아가는 길에?"

"응, 더 많은 진짜 악을 잡지 못한 걸 후회한다."

"드라마를 너무 많이 봤구나. 태훈아, 니 여자친구 좀 챙겨라. 매일 데이트 안 해주니까. 방구석에서 드라마만 보나보다."

"우리 도혜가 그랬구나."

태훈은 빙긋 웃었다.

"맞다, 이번 기회에 한 번 이야기 해보자."

도혜는 뭔가 생각난 듯 좋은 기회다 싶은 모습이었다.

"너 언제 연애할래?"

정곡으로 찌르는 말에 범현은 헛웃었다.

"갑자기 그 이야기가 왜 나와."

"너 이제 곧 서른 여섯이다."

"얼씨구, 지들은 연애한다고 지금 솔로인 나 까는 건가? 누가 보면 니들은 숱하게 연애 해 본 줄 알겠다. 니네 둘 다 모태솔로 이제 탈출한 거잖아. 어디서 배짱은."

"그 이야기가 아니잖아. 너도 빨리 연애하긴 해야지."

도혜는 범현을 다소 걱정하고 있었다. 태훈도 연애이야기가 나오자 관심을 보였다. 누가 봐도 범현은 자처하는 모태솔로였다.

여자를 구슬처럼 꿰면 팔찌는 만들 수 있을 놈이다.

"아직 해결 해야 할 일이 남았다."

그는 소주를 들이키고는 쓰게 웃었다.

"그 일 해결하기 전까지는 연애 할 수가 없지."

범현의 그 일이 무엇인지 태훈과 도혜는 알았다. 도혜는 더 이상 말을 잇지 못했다.

범현은 일반적으로 주어지는 사건에 움직이기도 하며 혼자서는 누나의 사건을 파기 위해 뛰고 있기에 숙면도 부

족했고 누구보다 바쁜 이였다.

연애할 시간이라고는 쥐뿔도 없는 상황이었다.

정말 그에게는 평생이란 시간동안 그 일이 쫓아다닌 것이고, 어쩌면 앞으로도 계속 될지도 몰랐다.

태훈은 무거운 입이 달싹였다.

결국 그 입이 열렸다.

"언제까지 그 사건 수사할 거야? 설령 잡는다고 해도. 이제 변할 건 없잖아."

그 목소리는 걱정과 함께 현실을 꿰뚫어 주고 있었다.

범현은 말문이 턱 막혔다.

도혜도 당혹한 모습이었다. 태훈이 그런 식으로 이야기를 꺼낼 줄은 몰랐기 때문이다. 범현은 다시 소주 잔에 소주를 채워 입에 털어 넣고는 쓰게 웃었다.

"그렇지, 변할 건 없지. 공소시효도 지났고."

그는 멍하니 허공을 보았다. 곧 픽 하고 웃었다.

"그렇다고. 가만히 있을 수가 없는데 어떻게 하냐. 그냥 단념하고 살아가라는 건, 너무 누나한테 잔인하지 않아?"

"누나는 오히려 네가 더 이상은 그러지 않기를 바랄지도 몰라."

도혜가 태훈의 옆구리를 툭 쳤다. 그렇지만 태훈은 표정 하나 변하지 않고 그를 보고 있었다.

"그럴 지도 모르지. 누나는 그런 사람이었거든. 바보 같은 동생인 날 항상 위했던 사람. 나도 모르겠어. 내가 왜 이러는지. 언제까지 이럴 건지. 나도 힘들다는 건 알아. 그래도 가만히 있을 수는 없다. 태훈아."

태훈의 목이 메였다. 그렇지만 이것 하나만큼은 물어야 했다.

"만약 그 사람이 자수한다면 어떻게 할 거야."

"음. 글쎄, 과연 그러려고 할까. 20년 동안 코빼기도 비추지 않았던 사람인데."

범현은 픽 웃었다. 그 20년 동안 코빼기도 비추지 않았던 용의자 한 사람이 현재 그 진실을 밝히려하고 있었다.

"묻고 싶어. 너도 알지, 태훈아. 범인은 두 명이었다는 거."

태훈은 고개를 끄덕였다. 어릴 적 자신들이 열 여덟살. 친구가 되었을 때 범현의 집에서 들었던 이야기.

"한 사람이 누나를 죽이려 했고, 한 사람이 우리 누나를 도망칠 수 있게 도와주었대. 전자인 사람을 만나면 모르지만 후자인 사람을 만난다면. 왜 그랬는지, 그럴 이유가 무엇이었는지 묻고 싶어."

그 도와준 사람이 바로 강문헌이라는 사실이었다.

"물론 만나면 어떻게 될지 모르지. 내가 지금 말은 이렇게 하고 있지만 변해버릴지도 몰라."

스스로도 그 상황을 직시하면 이성을 놓을 수도 있다는

말이었다.

"그렇게 된다면 네가 나 좀 잡아줘라 태훈아. 알았냐? 엇나가지 않게."

"…그래. 꼭 그렇게 하마."

20년이 흘러 범현의 그 분노는 조금 사그라 들었지만 과연 대면한다면 다른 모습을 보일지도 몰랐다.

그 분노가, 슬픔이 모두 탁하니 터져 나올 지도 모른다.

두 사람의 이야기가 끝났다. 범현은 태훈의 잔에 태훈은 범현의 잔에 술을 따라줬다.

두 사람의 잔이 부딪쳤다.

입 안으로 쓰디쓴 액체가 식도를 타고 흘러 갔다.

'꼭 그렇게 하도록 할게. 범현아.'

태훈은 쓰게 웃었다.

오히려 그 이야기를 들으니 확신이 섰다. 이제 머리 아프게 고민하지 않아도 될 것 같다.

강문헌의 앞에 앉은 태훈은 긴 숨을 뱉어냈다. 항상 그렇듯, 변호사로써 형을 줄일 수 있도록. 그에게 사실여부를 확인한다.

"거짓이 있어서는 안 됩니다."

"거짓은 없네."

태훈은 고개를 끄덕였다.

그는 사건 정황과 그 당시의 상황을 증명할 것에 대해서 물었다.

모든 이야기가 끝났다.

"생각정리는 다 했나."

"전 앞으로 당신을 최선을 다해 변론할 생각입니다. 당신의 말이 맞습니다. 평생 간직할 바에야 지금 털어 놓는 게 맞죠."

"자넨, 참 어리석은 친구야."

문헌은 고개를 절레절레 저었다. 태훈은 분명 문헌을 최선을 다해 변론하겠다고 했다.

자신의 친구의 누나를 납치했던 범인인 자신을 말이다.

그렇지만 태훈으로써는 이게 옳다고 판단했다.

그는 지금 이범현의 친구로써가 아니라 강문헌의 변호사로써 생각하고 있었다.

"차라리 이게 더 제 친구에게 낫다는 생각이 들었습니다."

그는 씁쓸한 표정이었다. 강문헌은 아무런 말도 하지 않았다. 태훈이 밖으로 나섰다.

형사들이 접견실에서 문헌을 데리고 나섰다.

태훈은 멍하니 허공을 보았다.

이제 강문헌은 우원도를 죽인 것 뿐만이 아니라 20년 전 납치사건에 관련한 이야기를 꺼낼 것이다.

모두가 더 편해질 수 있을까.

범현도, 그의 부모님도. 그리고 자신도.

어쩌면 죽은 이유지도.

어떻게 될지는 모른다. 자신은 자신의 식대로 살 뿐이다.

사무실에서 평소처럼 업무를 처리하고 있던 범현은 한 통의 전화를 받았다. 자신과 사법연수원 동기였던 검사. 차 검사였다.

현재 관악구 쪽을 담당하고 있는 검사였다.

태연하게 전화를 받고 이야기를 나누던 범현의 눈이 조금씩 커지기 시작했다.

"이범현 검사님. 경찰 쪽에서 이번에 들어온 절도 사건 관련해서 송치 하겠다고 합니다. 이 검사님?"

수사관이 그를 불렀지만 범현은 대답하지 않았다. 툭하니 수화기가 떨어졌다.

그는 서둘러 몸을 일으켜 외투를 챙겨 입었다.

"저 급한 일이 있어서 잠시 어디 좀 다녀오도록 하겠습니다."

"어디를 다녀 오신다는 겁…."

계장이 고개를 갸웃했다. 그러나 그 이유를 듣기도 전에 이범현은 밖으로 나섰다. 평소와 너무나도 다른 모습이었다.

그가 나서고 무언가 일이 생겼음을 계장이 직감했다.

"누가 물어보면 검사님은 사건 조사하러 가신 걸세."

"…네."

계장의 말과 대답하는 수사관에 목소리에서 평소에 그들이 얼마나 범현을 아끼고 신뢰하는지가 묻어있었다.

※

빠르게 내달린 차는 순식간에 관악구 경찰서에 도착했다. 밖으로 담배를 피러 나온 차 검사는 차량에서 내리는 범현을 보며 얼굴을 와락 일그러뜨렸다.

"오지 말라니까!"

"어디 있어. 그 사람. 살해사건 용의자라고?"

범현이 침착한 목소리로 묻자 차 검사는 자신이 괜한 걱정을 했나 싶기도 했다.

어차피 그가 곧 알 사실이었기 때문에 자신도 말을 할까 말까 고민을 했다. 차 검사도 범현이 그 사건 때문에 얼마나 뛰는지 알기에 귀띔을 해준 것이었다.

어차피 오늘 내일 퍼질 사실이었다.

"응, 자기 말로는 20년 전 함께 납치사건을 진행했던 사람을 살해한 거라고 하더라고. 너 괜찮냐?"

그는 범현의 얼굴을 살폈다. 그는 픽 웃었다.

"그럼 내가 뭐 그 사람 죽이기라도 할까 봐? 네가 맡고 있는 사람이고. 그냥 확인해보고 싶어서. 어떤 사람인지. 그 정도는 해줘라. 차 검사. 20년을 쫓은 사람이다."

"그 정도라면…."

차 검사는 눈살을 찌푸렸다. 사람이 이렇게 침착해도 될까 싶었다. 20년이란 시간이 지나기는 했다.

그때면 사람이 잊혀지기는 한다.

그래도 이렇게 침착할 수 있을까.

범현은 그 생각을 지우게 하듯, 담배를 한 가치 물더니 한 가치 건넸다.

"그래, 뭐 그 정도면."

그는 고개를 끄덕였다.

자신이었어도 그 얼굴 정도는 확인하고 싶을 것이다.

"법대로 해야지."

범현은 쓰게 웃었다. 차 검사가 그의 어깨를 두들겼다. 잘 생각했다는 모습이었다.

두 사람이 담배를 모두 태웠다.

접견실로 발걸음 했다.

"접견실에 있어 지금? 변호사하고 함께 있나보네."

범현의 물음에 차 검사는 고개를 끄덕였다.

"그렇지, 참 그걸 깜빡했네. 강태훈 변호사야. 너 강변호사하고 친하지 않아?"

"강태훈이라고…?"

태훈의 이름을 들은 범현의 걸음이 우뚝 멈춰섰다. 그는 무척이나 놀란 모습이었다. 차 검사도 대충 무엇 때문에 그러는지 짐작한 듯 헛기침을 했다.

"아니야, 범현아. 네가 생각하는 거. 강 변호사도 오늘 그 이야기 들었어. 우리도 오늘에서야 들었고."

"…그래?"

범현은 고개를 끄덕였다. 접견실 앞에는 형사 두 사람이 막고 있었다. 차 검사가 보이자 거수경례를 취했다.

"진짜 얼굴만 확인 하는 거다. 더 이상은 나도 곤란해져."

"그래."

차 검사가 문고리를 잡고 돌렸다. 딸각하는 소리가 나며 문이 천천히 열렸다. 열리는 문이 슬로우 모션처럼 느렸다.

20년을 쫓았다. 누나를 그렇게 만든 장본인들을. 그 얼굴을 오늘에서야 볼 수 있게 되었다.

태연하게 안으로 들어가는가 싶던 범현은 옆에 서있던

형사의 외투를 빠르게 걷어내며 그곳에서 권총을 뽑아들고는 안으로 들어갔다.

"지금 뭐하시는…!"

"이 검사. 지금 뭐하자는 거야!"

형사들도, 차 검사도 놀란 눈을 크게 떴다. 소란스러운 소리에 문헌의 시선이 문으로 돌아갔다. 그곳에는 자신을 향해 총구를 겨누고 있는 훤칠한 남성이 서있었다.

그리고 그와 마주 앉아있던 태훈 역시도 그 모습을 볼 수 있었다.

"범현아."

"넌 알고 있었던 거야. 그렇지? 그래서 얼마 전에 나한테 그런 애기를 한 거야. 그때 말했던 것처럼 안 되네. 막상 닥치니까. 참을 수가 없어."

그는 입술을 질끈 깨물었다. 온 몸이 사시나무처럼 거칠게 떨렸다. 20년이라는 시간동안 그들을 생각했다.

누나를 죽인 원수들.

그들을 잡겠다고 생각했다.

그리고 그중 한 사람이 지금 자신의 앞에 앉아있었다.

철컥

총이 장전되었다. 공포탄이라고 할지라도 이 거리에서 치명상이다. 또한, 손가락을 두 번 까딱이는 것. 그건 어렵지 않은 일이었다.

"당신 때문에 우리 누나가 죽었어. 당신 때문에 우리 누나가 죽었다고."

범현이 입술을 질끈 깨물었다. 파르르 떨리는 팔. 몸은 분노로 가득해보였다.

강문헌은 모든 것을 단념한 듯 그를 보며 작은 웃음을 짓고 있었다.

"누나가 괜한 걱정을 했어. 이렇게 훤칠하게 동생이 잘 컸는데. 그땐 체구도 작고, 또래보다 약하다고 걱정을 많이 하던데."

그 말에 범현의 가슴이 철렁했다. 그가 누나에 대해서 그렇게 친근하게 말하지 말았으면 한다.

그가 마치 그녀와 잘 알던 사이처럼 그러지 않았으면 한다.

"누나가 하늘에서 기뻐하겠네. 동생이 이렇게 훌륭해졌으니."

문헌은 쓰게 웃었다. 그는 눈을 감았다.

범현의 총구를 잡은 검지가 움찔거렸다.

그에게도 작은 찰나의 갈등이 분명 생길 수 밖에 없었다.

누군가 몸을 일으켜 범현의 총구 앞을 막았다.

총구는 그의 명치를 겨냥하게 되었다.

턱!

그의 손이 뻗어와 범현의 팔을 잡았다.

"저 사람 쏘기 전에 나한테 먼저 당겨 이범현."

"넌 알고 있었던 거야 빌어먹을!"

범현은 울고 있었다. 태훈이 그 사실을 미리 알고 있었다. 그는 그렇게 단정 지었다. 태훈은 슬쩍 문헌을 곁눈질로 보았다가 다시 범현을 보았다.

범현의 총구는 여전히 거둬지지 않았다.

"내 의뢰인이야. 죽이기 전에 나부터 쏴야할 거야."

"태훈아. 우리 누나를 죽게 한 사람이야."

"그 전에 내 의뢰인이라고."

"난 네 친구잖아."

"친구니까 용납할 수 없다고!"

범현의 팔을 잡고 있던 태훈의 손이 거칠게 총을 잡았다. 범현의 손은 방아쇠에 태훈의 손은 몸집을 잡고 있었다.

자칫하면 위험해질 아찔한 상황이었다.

"정신 차려. 이범현. 너 이대로 저 사람 죽이면. 누가 좋아할 것 같아. 하늘에 있는 너희 누나? 아니면 너희 부모님?"

"태훈아."

"총 거둬. 빌어먹을 자식아!"

태훈은 단호했다. 파르르 떨리던 이범현의 손이 천천히 바닥으로 떨어졌다. 태훈은 그의 손에서 총을 뺏어 형사에게 던졌다.

차 검사는 안도의 한숨을 쉬었다.

만약 방아쇠가 당겨졌다면 자신도, 범현도 끝장이었을 것이다.

차 검사는 형사들에게 눈짓했다. 먼저 형사들이 강문헌의 팔을 잡고 이끌었다. 나서는 그에게서 범현은 날카로운 눈을 떼지 않았다.

그가 나서고 차 검사는 이범현과 강태훈도 밖으로 끌어냈다.

"강변호사님은 이만 돌아가셔야할 것 같습니다. 그리고 이범현. 너 지금 무슨 짓을 한 줄 아냐?"

"미안하다, 차 검사."

그는 표정변화 없이 말했다. 차 검사는 머리를 털었다. 그 사실을 말한 자신의 잘못이었다. 태훈이 곧 범현을 이끌었다.

"차 검사님. 이거 쉽게 넘길 문제가 아닌데요."

총을 빼앗겼던 형사가 범현이 나서는 쪽을 보며 으르렁거렸다.

"방아쇠 당긴 건 아니지 않습니까, 애초에 당길 생각은 없었어요. 제가 봤을 때. 오늘일 전부 발설하지 말아주셨으면 좋겠네요."

그의 검사로써의 직권이 담긴 강한 목소리였다. 형사들은 암묵으로 대답했다. 차 검사가 사라지자 형사들이 고개를 갸웃했다.

"당길 생각이 없었다고? 정말 당길 것 같던데."

"그러게."

그들은 황당하단 표정이었다.

※

태훈이 범현을 이끈 곳은 옥상이었다. 옥상의 문을 박차고 들어오자마자 그를 밀쳤다.

"무슨 짓을 한 줄 아냐 네가? 너 지금 당장 검사복 벗을지도 몰라."

이 사실이 소문이라도 돈다면, 범현은 옷을 벗게 될 것이다. 아니, 옷을 벗는 것으로 안 끝날지도 모른다.

범죄자라고 할지라도 총구를 겨누는 행위는 그렇게 가벼운 행위가 아니었다.

특히나 범현이 그것을 더 잘 알 텐데. 그런 행위를 했다는 것에 태훈은 가슴이 답답했다.

"미안하다, 태훈아."

범현은 품에서 담배를 꺼내 입에 물었다. 태훈에게 한 가치 건넸다.

태훈은 미심쩍은 눈으로 그를 살폈다.

범현은 태훈의 담배에 불을 붙여줬다.

"그러면 이런 식으로 해야 할 것 같아."

그는 태훈에게 시선을 두었다.

"도와줘, 태훈아 부탁이다. 그 사람 무기징역, 사형 받을 수 있게 도와줘."

"너 지금 그게…."

너무나도 태연하게 말하는 범현으로 인해 얼굴을 와락 일그러뜨렸다. 그것이 지금 친구에게 할 소리인가?

"내가 20년을 쫒은 사람이야. 너도 알잖아 태훈아. 내가 20년 동안 누나의 복수만 생각하며 쫓았던 사람이라고."

태훈은 머릿속이 새하애졌다. 범현이 이렇게 될 것을 가장 우려하고 있었던 것이다. 그것은 이제 현실이 되어 버렸다.

"어려울 건 없어. 넌 그냥 내가 시키는대로만 변론하면."

"범현아."

"……?"

태훈의 이빨이 뿌드득 갈렸다. 순식간에 뻗어나간 그의 주먹이 거칠게 범현의 얼굴을 후려쳤다. 그것이 끝이 아니었다.

발로 명치를 걷어찼다. 범현의 몸이 뒤로 고꾸라졌다.

그는 자신의 입가에서 흐르는 피를 닦아냈다.

"그게 지금 친구한테 할 소리냐 빌어먹을 놈아? 그리고 네가 얼마 전 한 말 기억하지? 엇나가지 않게 도와달라고.

난 네가 그렇게 엇나가는 꼴 볼 수 없어."

"그땐 나도 모르게 한 말이야. 20년의 기억이 잊혀진 줄 알았어. 막상 닥쳐보니 화가 끓고 분노가 치밀고. 사지를 찢고 싶다고!"

"…그래서?"

태훈은 차갑게 냉소를 흘렸다. 속만큼은 뜨겁게 들끓고 있었다. 범현은 자신의 누구보다 멋진 친구였다.

검찰에서는 꼴통검사라고 불려도 유두리 없는 사람이라고 손가락질 받아도 자신에게만큼은 누구보다 자랑스러운 친구였다.

누구보다 떳떳하고 멋진 자신의 친구 범현.

그 친구 범현의 모습이 복수라는 이름 앞에 처참하게 변해 있었다.

"난 그 사람을 위해서 변호할 거야. 알잖아. 내가 어떤 신조를 가진지."

태훈은 차갑게 딱 끊어 말했다. 그가 몸을 휙 돌렸다.

뒤에서 바람소리가 거칠게 들렸다. 태훈이 몸을 돌린 순간 몸을 날린 범현이 자신의 몸을 덮치고 있었다.

쿠웅!

태훈의 몸이 뒤로 넘어갔다. 범현의 눈은 붉어져 충혈되어 있었다.

"넌 내 친구잖아. 너도 알잖아, 도대체 왜 이러는 거야

응? 그 사람 변호를 서겠다고? 그게 할 소리야? 나보다 그 사람이 더 소중해?"

"검사는 검사의, 변호사는 변호사의 판사는 판사의 자신들이 맡은 일이 있는 거야, 같이 배웠잖아."

"빌어먹을! 지금은 상황이 다르잖아!"

범현의 주먹이 태훈의 안면의 바로 옆 바닥에 꽂혔다.

"아니, 다를 건 없어. 똑같아."

범현의 눈이 찌푸려졌다. 똑같다고? 자신의 누나와 연관되어 있는 사건이다. 그런데 다를 게 없다고?

그는 참을 수 없음에 주먹을 태훈에게 휘둘렀다.

퍼억!

둔탁한 소리와 함께 범현의 주먹이 태훈의 얼굴을 후려쳤다. 고개가 휙 돌아갔다. 끝나지 않고 범현의 주먹이 이어졌다.

퍽퍽!

태훈은 막지 않았다. 한 대 두 대 계속해서 범현의 주먹은 휘둘러졌지만 그는 막지 않았다.

입안에서 피 맛이 났다. 입 옆으로 흐르는 뜨거운 무언가가 느껴졌다. 턱이 뻐근해졌다.

그렇지만 그는 막지 않았다.

"이 빌어먹을 새끼야! 제발 나 좀 도와달라고 응?"

범현이 멱살을 잡아 그의 가슴을 끌어올렸다.

"속 시원할 때까지 패. 그리고 넌 이 사건에 관여 하지 마."

태훈은 실소를 흘렸다. 범현의 얼굴이 일그러졌다. 그가 다시 주먹을 뒤로 젖혔다.

그 순간 문이 열리면서 차 검사가 안으로 뛰쳐 들어왔다.

"야, 이 검사 너 뭐하는 짓이야 지금!"

"하아하아."

차 검사는 서둘러 범현과 태훈의 거리를 벌렸다. 몸에 묻은 먼지를 털면서 일어난 태훈은 바닥으로 침을 뱉었다.

붉은 피가 흥건하게 떨어졌다.

그는 입가에서 흐르는 피를 팔로 쓰윽 닦아내고는 아무 말 없이 옥상을 나섰다.

"너 미쳤어 이 검사!?"

"씨발!"

범현의 발이 괜한 벽을 거칠게 걷어찼다.

그는 복잡한 듯 자신의 머리를 헝클었다.

30년 지기 친구를 죽인 강문헌이 20년 전 판사 자녀 납치사건의 범인이라는 사실이 언론에 공개되었다. 뉴스가 공개되기 전까지도 20년 전 그 사건은 가끔씩 사람들의 손이 많이 닿는 SNS를 통해 이야기가 올라오고 있었던 터였다.

기자들에게는 좋은 기사거리가 되었고 국민들에게는 분노가 들끓게 만들게 하기에 충분했다.

또한 강문헌이 밝혔던 판사 자녀 납치사건의 공범 중 한 사람이 우원도라는 사실은 더욱더 큰 충격을 주었다.

강문헌은 범행에 함께했던 우원도를 죽였고, 이제 살해 사건의 가해자가 되어있었다.

공소시효는 지났지만 국민들은 납치사건에 관련하여서도 엄한 처벌이 내려지기를 기대하고 있는 모습이었다.

이범훈이 탄 차량이 구치소 인근을 배회하다가 뒷길로 들어갔다.

어딘가로 전화를 한통 넣자 얼마 후 사람이 왔다.

차 검사였다.

"아버님."

"이런 자리 마련해줘서 교도소장님께 감사하단 말씀 전해주게."

범훈은 빙긋 웃어보였다. 아내도 보고 싶다고 했다. 자신의 딸 아이를 그렇게 만든 사람을. 그렇지만 범훈은 고개를 저었다.

차 검사는 범훈에게서는 범현과 다른 것을 보았다. 그는 침착했고 냉정했다. 판사 이범훈. 얼마 후면 대법관에 오를 이름일지도 몰랐다.

그가 뻗어있는 손은 넓었고 이범훈은 비밀리에 강문헌과의 만남을 요했다.

차 검사는 이범훈이 큰 짓을 저지르지 않을 거라는 걸 믿었다.

그는 연륜도 범현과 달랐고. 그 냉정함도 달랐다. 두 사람이 면회실로 들어갔다.

얼마 지나지 않아서였다.

죄수복을 입은 강문헌이 다리를 절뚝이며 들어와 의자에 앉았다.

이범훈은 씁쓸한 미소 마저 짓고 있었다.

"고등법원에서 현재 판사로 재직하고 있는 이범훈이라고 합니다. 제가 그때 보았던 그 분이 아니지요?"

"예…."

20년 전. 접선을 시도할 때 우원도가 나갔었고, 우원도와 이범훈의 눈이 마주쳤었다. 물론 원도는 경찰들을 따돌리고 도망쳤지만.

그리고 현재 우원도는 죽었다.

강문헌의 손에.

"딸 아이에게 들었습니다. 자신을 도망갈 수 있게 도와준 사람이 있었다고. 그 사람이 맞으시지요?"

강문헌은 입을 꾹 다물었다. 이범훈의 그 작은 웃음에 강문헌은 가슴이 덜컥 막혀왔다.

범훈은 그 당시 딸 아이가 자신을 도와준 사람이 있다. 라고 했던 말을 잊지 못했다.

그 당시 유지는, 그 사람만큼은 처벌을 원치 않는 듯한 목소리였다.

자신의 딸 아이는 참 바보 같았다.

그리고 결국 그것을 묵언했던 자신도 바보였다.

"왜 오셨나요. 무엇이 궁금하십니까. 제가, 제가 원망스럽지요?"

범현과는 다르게 범훈의 목소리는 부드러웠다. 너무 부드러웠기에 오히려 그 감정을 억누르고 있던 문헌은 울음이 흘러나왔다.

"그냥 딸 아이가 그때 당시 어떤 상황이었는지, 왜 그러셨는지 궁금할 뿐입니다."

이범훈은 여전히 웃음을 지우지 않았다.

차 검사는 그 모습을 보며 놀랐다.

사람이 저렇게 침착할 수 있을까?

물론 20년이 훌쩍 지난 일이었다.

20년. 죽은 사람은 산 사람에게서 잊혀지기에 충분한 시간이었다. 그렇지만 얼마 전 범현을 보니 꼭 그렇지만도 않다는 생각이 들었었다.

범훈의 차분한 목소리에 문헌은 떨리는 입술로 사건의 정황에 대해서 이야기 하기 시작했다.

차 검사는 이야기를 듣는 범훈의 등 뒤를 묵묵히 지켰다.

그의 등은 가늘게 떨리고 있었다.

손은 주먹이 쥐어져 허벅지 위에서 파르르 떨리고 있었다.

그도 분명 화가 나 있었다.

그렇지만 참고 있었다.

판사로서.

이유지의 아버지가 아닌, 법조인 중 한 사람으로써 말이다.

모든 이야기를 들은 이범훈은 고개를 끄덕였다.

"유지가 범현이 이야기까지 했었군요. 녀석, 누나답지 않았어요. 범현이에게는 형 같은 아이였어요. 범현이가 동네 꼬맹이들한테 맞기라도 하면 빗자루든 뭐든 들고 뛰어가던 아이였거든요. 참… 참… 착했던 아이였습니다."

이범훈은 힘겹게 웃었다.

그 웃음에서 그 말에서 결국 강문헌은 가슴을 움켜쥐었다.

"크흐흑! 죄송합니다. 죄송합니다! 끄흐흑, 죄송합니다. 판사님. 죄송합니다."

그는 울음을 터뜨리며 고개만 숙였다. 그 이상의 말은

할 수 없었다.

죄송하다는 말만을 반복했다.

"그리고 궁금한 게 한 가지 더 있습니다. 어째서 이제야 나타나신 겁니까. 20년이란 시간이 흘렀습니다. 차라리 잘 되었다고 생각했습니다. 조금만 더 지나면 잊혀지겠지. 그래 몇 년 만 더 있으면 잊혀지겠지. 라고 생각했어요. 어째서 그 사실을 밝히십니까."

이범훈의 목소리는 가늘게 떨리고 있었다. 그러나 강문헌은 '죄송합니다' 라는 말을 반복하다가 울음을 애써 삼켰다.

"용서 받고 싶었습니다. 아직도, 그 아이의 얼굴이 아른거립니다. 보내 달라고 울던 그 아이 얼굴이 생각납니다. 너무도 생생합니다."

"…당신은 참 이기적인 사람이군요."

범훈의 온 몸이 떨렸다. 참기 위해 그는 애쓰고 있었다.

"용서할 수 없습니다. 전. 제 아내 역시 그럴 겁니다. 제 아들 녀석 역시 그럴 겁니다. 그러니…"

이범훈의 마지막 말이 턱하니 막혔다.

가깟으로 그 말은 힘들게 흘러나왔다.

"법의 심판을 받으시면 됩니다. 이만 가보도록 하겠습니다. 다음엔, 얼굴을 못 뵐 것 같군요."

차 검사는 가슴이 싸해졌다. 자신의 원수에게 법의 심판

을 받으라고 말하고 있었다. 어쩌면 그것이 용서와 같을지도 몰랐다.

이범훈은 너무나도 침착했다. 그는 작은 목례만 취하고 몸을 돌렸다.

등 뒤로 강문헌은 계속 울고 있었다.

이범훈은 교도관의 어깨를 두들겼다.

"고맙다고 소장님께 전해주게. 이건 식사라도 하게."

그는 하얀 봉투 하나를 품속에서 꺼내 건네주고는 밖으로 나섰다.

밖으로 나선 이범훈의 몸은 여전히 떨리고 있었다.

차 검사는 이범현과 이범훈은 다르다고 생각했다. 얼마 전 범현의 행동을 보고 차 검사는 다소 충격을 먹었었다.

어쩌면 앞으로 다른 일이 생길지도 몰랐다.

"아버님. 사실 얼마 전에 범현이가 접견실에 있던 강문헌과 만났었습니다."

"…그게 무슨 소리인가. 왜 이제 이야기 하나."

범훈의 눈이 파르르 떨렸다. 그의 매서운 눈빛이 향하자 차 검사는 자신도 모르게 꿀꺽 침이 넘어갔다.

그는 자초지종을 설명하였다. 곧 이어진 말들에 범훈은 놀란 듯 그를 돌아보았다.

총을 겨눴다니? 이범현이 강문헌에게 총을 겨눴다니.

그는 낮은 신음을 흘렸다.

그러고 보면 가끔 범훈의 귀로 이범현이 이유지의 사건을 여전히 쫓고 있다는 이야기가 들리긴 했다.

그렇지만 시간이 해결해 주겠지 하는 생각을 하고 있었다.

"그 사실을 아는 사람이 몇이나 있는가."

"그 당시 있던 형사들 몇 사람과 강태훈 변호사. 그리고 저 밖에 없었습니다. CCTV는 해서는 안 되지만… 제가 그때의 기록은 삭제했습니다. 또 형사들에게도 발설하지 말아달라고 했고요. 강태훈 변호사는…."

"태훈이가 강문헌의 변호사인가?"

"네…."

"허…."

이범훈은 비틀거렸다. 차 검사가 그를 부축했다. 하늘이 참 무심하도다.

그는 태훈을 꽤 자주 만났다. 범현과 그는 친한 친구였기 때문이다. 그리고 소식도 자주 접했다.

그는 자신이 맡은 일에 강경한 친구였다.

범현과 마찰이 있었을 것이다.

그는 입술을 질끈 깨물었다.

"알겠네. 아무튼 오늘 고마웠네. 그리고 그 일. 절대 새어나가지 않게 특별히 신경 좀 써줌세."

"네. 들어가십시오. 아버님."

범훈은 곧장 차에 올랐다. 시동을 킨 그의 차량은 곧장 서울중앙지방 검찰청으로 향했다.

❈

서울중앙지방 검찰청에 도착한 이범훈은 바로 계단을 밟고 올라갔다. 검사들이 그 급을 가리지 않고 범훈을 보고는 의아한 표정을 지으면서도 고개를 숙였다.

범훈은 인자하게 웃으며 그 인사를 받아주었다.

곧 범훈은 범현의 검사실로 들어갔다.

그가 들어오자 범현은 다소 놀란 표정이었다.

아버지가 직접 검사실에 찾아오기는 처음이었기 때문이다.

그는 심상치 않은 기류를 느꼈다. 이범훈은 작은 헛기침을 했다.

"조금 이르긴 하지만. 식사들 하고 오시지요."

"네."

범현의 말에 계장이 몸을 일으켰다. 아직 점심시간까지는 40분 정도 남았지만 그들도 심상치 않은 것을 느꼈다. 계장이 일행을 이끌고 나섰다.

범훈이 소파에 앉았고, 범현은 믹스커피를 타서 그의 앞에 놓았다.

"원두 커피 좋아하시는데. 기계가 없어서요."

"믹스커피라도 아들이 타준 거라면 맛있지."

범훈은 쓰게 웃었다. 범현이 그의 맞은 편에 앉았다. 잠시 침묵이 지나갔다.

"얼마 전 강문헌과 만났다고."

"…네."

범현의 눈이 작게 떨렸다. 그 사실을 알고 있다는 것은 자신이 그곳에서 피운 난동 역시 아버지는 알고 계실 것이었다.

"범현아."

그의 나지막한 목소리에 그는 온 신경이 곤두섰다.

"죽은 사람은 죽은 사람이고. 산 사람은 산 사람이다."

그 말에 범현은 가슴이 아파왔다. 아버지의 입에서 그런 말을 듣게 될 줄은 몰랐다. 물론 자신을 생각하는 마음에서 하시는 말씀인 것은 알았다.

"관여하지 말거라. 절대."

아버지는 단호한 목소리로 말했다.

"아버지는 억울하지 않으세요?"

범현은 웃었다. 그러나 눈만은 울고 있었다.

"만약 누나가 그 일 당하지 않았으면 지금 결혼도 하고 아이도 있었을 거예요. 그런 일을 당하지 않았으면 다른 사람들처럼 대학교도 갔을 거고 연애도 했을 거라고요. 또 아버지 어머니의 안부를 묻는 전화도 했겠지요."

범훈은 들리지 않을 신음을 흘렸다.

자신도, 아내도 항상 그의 말처럼 생각해보곤 했다.

유지가 만약 그런 일을 당하지 않았다면. 그 아이는 가끔 보고 싶다는 자신들 말에 식사를 대접하겠다고 찾아올 것이고 가끔은 손자 녀석들 손을 잡고 올 것이었다.

그렇지만 그 일 한 번에 모든 것은 송두리째 무너졌다.

"이미 지난 일이야. 그리고 법이 전부…."

"그놈의 법!"

범현은 참을 수 없었던 듯 몸을 일으켰다.

"전 아버지를 항상 존경해왔어요. 아버지는 누구에게나 존경받는 그런 분이셨고 저도 아버지 같은 법조인이 되어야겠다. 항상 생각했습니다. 그래도 이건 아니잖아요. 아버지."

"아니, 이게 맞는 일이야. 법이 알아서 해결 할 일이야. 죄가 크다면 높은 형을 받을 거고, 그렇지 않다면 낮은 형을 받겠지. 그건 우리들이 관여할 일이 아니란 말이야. 네가 관여하려 든다면, 나 역시 가만히 두지는 않을 것이다."

이범훈은 몸을 일으켰다. 범현은 얼굴을 감쌌다.

그는 잠시 초라해 보이는 아들 범현을 보았다.

"하늘에 있는 너희 누나도 원치 않아."

그 말을 끝으로 범훈은 나섰다. 몸을 일으킨 이범현의 주먹이 벽을 강하게 쳤다.

퍽!

지끈한 느낌이 들었지만 그것을 느낄 새조차도 없었다. 자신이 옳지 않다고?

태훈도, 아버지도 그렇게 말하고 있었다.

그냥 두고 보라고 말하고 있었다.

❃

이범훈이 국선 변호사 사무실로 들어왔다. 그가 들어오자 김한기의 얼굴로 화색이 띠었다. 이범훈은 한기의 연수원 한 기수 후배였다.

"어쩐 일이야."

"태훈이한테 볼 일이 있어서 말입니다."

"아…."

한기는 말문이 막혔다. 태훈도 범훈을 발견하고는 고개를 숙이며 다가섰다.

"미안하게 됐네."

"선배님이 미안할 게 뭐가 있겠습니까."

범훈은 고개를 저었다. 한기가 진작에 그 사실을 알았다면 국선 변호인을 다른 이로 선정하게 힘을 썼을 것이다.

그렇지만 이미 배정이 된 상황에서 강문헌이 발언한 것이었고 무르기 쉽지 않은 상황까지 와버렸다.

한기도 범훈이 찾아온 이유를 짐작했다.

"이 친구하고 같이 식사를 해도 될련지요. 선배님."

"그럼. 되고말고."

한기는 고개를 끄덕였다. 범훈은 태훈에게 작게 웃고는 그와 함께 나섰다.

작은 가게에 왔다.

이범훈은 말없이 국물을 떠먹고 뜨뜻한 밥을 국에 말았다.

그리고는 떠먹었다.

계속 떠먹던 그는 물을 한 컵 마셨다.

"자네는 자네의 자리를 지키면 되는 거야."

"네."

그 말이 끝이었다. 이범훈은 작게 웃을 뿐 더 이상의 말은 하지 않았다. 그 뜻이 무엇인지 태훈은 잘 알았다.

자신은 변호사였다.

그 직위를 벗어나지 말라는 의미였다. 태훈은 범훈의 그 위로와 같은 말에 더욱더 힘이 실리는 것 같았다.

두 사람이 몸을 일으켰다.

범훈이 자연스럽게 계산을 했다.

"이곳까지 오셨는데. 제가 사드려야 했는데 죄송합니다."

"죄송하긴, 판사가 그리 많이 받진 않아도 밥 한 끼 살 돈 정돈 있거든."

그는 빙긋 웃었다.

그리고는 태훈의 얼굴을 보고는 들리지 않을 한숨을 쉬었다.

범현이 그런 것 정도야 알고 있었다.

그렇지만 더 이상 말하지 않고 그의 어깨 위에 손을 올리고는 작게 주물러주었다.

그 손에서 태훈과 범현의 사이를 생각하며 깊은 고뇌에 빠진 범훈의 마음이 타고 넘어올 정도였다.

"다음에 한 번 범현이하고 같이 해서 밥이나 한끼 하지."

"네."

태훈은 빙긋 웃었다. 범훈이 몸을 돌려 차로 향했다. 오늘따라 이범훈. 그의 등이 한없이 초라해보였다.

다시 사무실로 돌아온 태훈은 업무를 끝냈다.

업무를 끝내고 그는 평소처럼 도혜를 데려다주기 위해 서울지방검찰청으로 향했다.

서울지방검찰청 앞에서 걸어 나오는 사람이 있었다.

그는 범현이었다.

범현은 태훈을 보고는 그냥 지나쳐갔다.

"범…"

그를 부르려던 태훈은 그 손을 내렸다. 속 좁은 녀석 같으니! 라고 말하면서 그의 뒤통수를 힘껏 때리고 싶었다.

그렇지만 잠시 이 사건이 끝날 때까지는 그럴 수 없을 것 같았다.

얼마 후 도혜가 나왔다.

"방금 범현이 나갔는데 마주쳤어?"

"…응."

태훈은 멋쩍게 웃었다. 도혜도 지금 어떠한 상황이 구축되고 있는지 대충은 알고 있었다. 태훈은 대수롭지 않게 차에 탔다.

도혜도 조수석에 탔다.

"내일부턴 내 차 끌고 다닐게. 나 사실 차 고장 안 났어."

"알아."

도혜는 다소 놀란 듯 그를 보았다.

"너하고 같이 있고 싶어서 일부러 데리러 온 건데, 내일부터 다시 차 끌고 다니게?"

태훈은 그녀가 민망할까봐 먼저 선수 쳐 말했다. 도혜는 작게 웃으며 고개를 끄덕였다.

그녀는 태훈의 얼굴에 손을 뻗었다. 터졌던 입술은 피로 굳어있었고 얼굴의 상처도 아직 붓기가 빠지지 않았다.

"아야… 따끔하다."

"남자가 참을성도 없어 가지고."

그녀는 말과 다르게 걱정이 크게 묻어나는 표정이었다.

잠시 두 사람 사이에 침묵이 이어졌다.

"평소처럼 그럴 거지? 자기는 항상 그랬으니까."

그녀의 목소리에 태훈은 그녀를 돌아보았다.

도혜가 본 태훈은 의뢰인을 위해 헌신하는 변호사였다. 그 상대가 미성년자 살인범이었을 때도 나이 든 노인 절도범이었을 때에도, 연쇄살인범일 때도 다르진 않았다.

그런 태훈이 친구라고 범현을 위하는 '흑이 백'이라고 말하는 변호는 하지 않을 것을 도혜도 안다.

"그게 더 내 남자친구 강태훈 다워."

"나 옳은 선택 한 게 맞아 보여?"

"그럼. '법에는 질서'가 있잖아."

질서를 말하면서 도혜는 잠시 머뭇 거렸지만 웃었다. 태훈도 싱긋 웃었다.

도혜의 그 말이 더 힘이 되었다.

이범훈도 도혜도 힘이 되어주고 있었다.

자신의 줏대대로.

그렇게 시작한다.

※

태훈은 강문헌의 앞으로 형을 감면할 수 있는 것들을 제시해주고 있었다.

"안타깝게도 따님 김지윤 양의 의료기록은 확보할 수 없었습니다. 의료기록의 경우 보통 의료법 시행규칙에 따라 환자명부는 5년 진료기록부 10년 수술기록 등이나 검사소견기록은 5년입니다. 기록은 전부 삭제되었습니다. 대신. 강문헌씨께서 말씀하셨던 20년 전 김지윤 양을 돌봐주었던 병원의 담당 의사님을 수소문 끝에 찾았습니다. 또 강문헌 씨께서 김지윤 양의 사망진단서를 가지고 계시니 그 부분은 입증이 가능할 것 같습니다."

20년 전의 것이었지만 분명히 사망진단서에는 병원에서 내린 사망 사인이 적혀 있을 것이었다.

아직 확인하진 못했지만 그의 딸이 병으로 큰 고생을 했다는 사실은 충분히 입증 가능했다.

"또한 강문헌 씨께서 납치에 대한 모의를 제시하며 피해자 우원도 씨께서 협박하였다는 그 자료 역시 녹음을 하셨다고 하니 이 부분도 충분히 감면 받을 수 있을 것 같습니다. 이래저래 따져서 보면 최소 10년 많게는 15년을 받을 수 있을 것 같습니다. 문제는 여론입니다."

태훈은 한숨을 쉬며 생수병을 집어 마른 목을 축였다.

"아시겠지만 여론이 무척 좋지 않습니다. 물론 법정은 국내의 현행법에 의해 그 판결결과가 나오긴 하지만. 여론의 영향을 아예 안 받는 건 아니거든요. 거기에 납치였을 뿐이지만 이유지 양이 자살을 한 케이스라… 신이 저희 편이 아니라면 무기징역을 생각해보실 수도 있을 겁니다."

강문헌은 고개를 끄덕였다. 만약 단순한 살인죄였다면 6-10년 정도를 받아낼 수도 있었다.

일단 그는 기록상 초범이었기 때문이다.

그러나 여기에서 과거의 범행이 드러난 사실이었기에 15-20년 사이가 측정될 수 있고 심하면 무기징역이다.

그는 그것을 순순히 받아들였다.

"자네는 괜찮나? 내가 자네가 생각하는 가장 낮은 형을 받아도."

"일단은 당신의 변호사니까요."

달갑지는 않았지만 자신으로써는 해야 할 일이었다. 태훈은 이미 단념한 상황이었다.

"표정이 한결 좋아졌군. 자네 친구는…."

"범현이 이야기는 여기에서 하지 않는 게 좋을 것 같습니다."

태훈의 단호한 목소리에 그는 입을 꾹 다물었다. 서류가방에 챙길 것을 넣은 그는 작게 목례를 취하고는 밖으로 나섰다.

밖으로 나서자 차성진 검사가 그를 기다리고 있었다.

"접견은 잘 하셨나요?"

"네."

태훈은 고개를 끄덕였다.

두 사람이 자연스럽게 함께 걸었다.

"커피 한 잔 하죠."

태훈은 고개만 끄덕였다. 밀크 커피 두 잔이 뽑히고 두 사람은 함께 밖으로 나섰다.

두 사람의 손가락 끝에서 담배가 타들어갔다.

"강태훈 변호사님이 이 사건을 맡은 게 전 다행이라고 생각합니다. 다른 사람이었다면 복잡해졌을 것 같아요."

차 검사도 범현이 원하는 대로 태훈이 움직여주지 않는 것을 알고 있었다. 오히려 그것이 더 낫다고 생각하고 있었다.

정의로운 이범현 검사가 저지르려는 '비리'를 막을 수 있었으니까.

그리고 태훈이 이 변호에서 최선을 다하는게 오히려 나았다. 그래야 차성진 검사. 자신도 최선을 다할 수 있을 테니까.

"전 제 직무에 최선을 다할 겁니다."

"그게 맞는 거지요."

태훈은 쓰게 웃었다. 그리고 곧 이어진 차성진 검사의 말에 그는 얼굴이 조금 일그러졌다.

"증인으로 이범현 검사를 신청할 예정입니다."

"이범현을요?"

"전 저대로 높은 구형을 받게 하는 게 목표입니다. 강문헌은 분명히 납치범에 살해죄이니까요."

그 말에 태훈은 고개를 끄덕였다. 맞는 말이었다. 그에게 희생된 피해자를 증인으로 신청하는 것이 가장 그 감정을 법정에서 잘 전달할 수 있을 것이었다.

"혹시 범현이가 먼저…."

"예. 이 검사가 그렇게 하고 싶다고 하더군요. 저도 생각해보니 그게 맞는 것 같습니다."

"그렇군요."

태훈은 고개를 끄덕였다.

담배를 모두 태운 그는 재떨이에 비벼 껐다. 가슴이 더욱 복잡해졌다.

"공평하게 싸워 봅시다."

차 검사가 손을 내밀었다. 태훈의 손이 그 손을 맞잡아 주었다.

※

방청석에 익숙한 얼굴이 앉아있었다. 이범현이었다. 태훈은 흘끗 그를 보았지만 그는 태훈에게 시선조차 주지 않았다. 그의 시선은 오로지 태훈의 옆에 앉은 강문헌에게 향해있었다.

재판장이 안으로 들어왔다.

전부 몸을 일으켰다가 착석한다.

"검사 측은 공소장을 낭독하여 주시기 바랍니다."

"예."

형식적인 절차가 지나가고 차 검사가 몸을 일으켰다.

"피고인 강문헌은 피해자 우원도와 30년지기 친구로써 오랜 시간을 함께 한 죽마고우입니다. 피고인과 피해자 두 사람은. 언론에 공개된 것과 같이 20년 전 '판사 자녀 납치사건'의 가해자입니다. 두 사람은 7월 11일 경. 피해자 우원도의 집에서 함께 술을 마셨고 피고인 강문헌은 계속해서 또 한 번의 납치.

를 모의하자라는 말에 그것을 거부하다. 끝내 싸움으로 불거져 맥주병으로 수 차례 우원도를 내려쳐 살해한 혐의를 가지고 있습니다. 이에 형법 제 24장 250조 1항. 살인의 죄로 기소하는 바입니다. 또한."

차 검사는 끝나지 않고 더 나아가 방청석과 판사를 둘러보았다.

"20년 전 판사 자녀 납치사건의 경우 현재 실체법상 형벌권이 소멸되었으므로 검사는 공소를 제기할 수 없게 되었습니다. 그렇지만 이 자리를 통해 그 때 당시의 죄 역시 밝혀야한다는 것이 저의 주장입니다. 이상입니다."

판사는 고개를 끄덕였다. 그 역시도 그에 대한 죄 값에 대해서도 물어야한다고 여기고 있었다.

이 안의 방청석의 이들도 모두 마찬가지였고 국민들도 다 똑같은 마음이었다.

"피고인. 피고인은 본 기소 사실을 인정합니까?"

강문헌은 대답하지 않았다. 묵비권.

그렇다면 질문은 자연스럽게 변호사인 태훈에게로 넘어간다.

"변호인. 본 기소 사실을 인정하십니까?"

판사의 목소리와 함께 몸을 일으킨 태훈은 숨이 턱 막혀왔다. 그는 잠시 범현을 보았다. 범현은 입을 꾹 다물고 있었지만. 그 주먹은 움켜쥐고 있었다.

혹시라도 태훈이 자신을 도와주지 않을까하는 작은 희망도 있었다.

'미안하다. 범현아.'

태훈은 곧 다시 재판장을 보았다.

"혐의를 일부 부인하는 바입니다."

그의 말과 함께 방청석이 술렁거렸다.

범현의 주먹이 더욱 꽈악 쥐어졌다. 결국 이렇게 되는구나.

"그렇군요. 그렇다면 변호인 측은 모두 진술해 주시겠습니까?"

"예."

태훈은 앞으로 나섰다. 작은 심호흡을 쉰다.

"피고인은 분명히 7월 11일 경. 30년 지기인 죽마고우 피해자 우원도를 살해한 혐의를 가지고 있으며 20년 전 '판사 자녀 납치사건'의 가해자였습니다. 위의 사실은 인정하는 바입니다. 그러나. 피고인은 여러분들이 생각하는 것처럼 잔인무도한 사람이 아니라는 사실입니다. 피고인 강문헌은 우원도에게 수 차례의 협박과 강요를 받아왔습니다. 그 협박과 강요는 피해자 우원도가 20년 전 납치사건처럼 또 한 번의 범행을 함께 모의하지 않으면 가만두지 않겠다. 20년 전 함께 벌였던 일들을 만천하에 모두 드러내겠다고 이야기 한 것입니다."

판사는 고개를 끄덕거리면서도 눈살을 찌푸렸다. 20년 전 사건을 빌미로 협박을 당했다? 물론 협박을 당하기는 충분했다.

'내가 너의 주위 사람들에게 다 꼬지르겠어!'

그러나 그것이 과연 기소요지를 부정할 만큼의 발언이 가능한가?

"그 술자리에서도 역시 우원도는 새로운 범행을 모의하자며 강요와 협박을 하였고 그에 참지 못했던 피고인 강문헌이 그를 살해한 것입니다."

"이의 있습니다. 재판장님."

차 검사가 몸을 일으켰다.

그는 황당하단 웃음을 흘렸다.

"변호인은 피고인이 잔인무도하지 않은 사람이며 피해자 우원도에게 협박과 강요를 받았고 그에 살해를 했다라고 주장하고 있습니다. 20년 전 그 사건을 일으킨 범인이 잔인무도하지 않았다고 말할 수 있을까요? 그 당시 피해자는 극심한 우울증 및 정신적인 스트레스로 인해 자살을 했습니다."

자살이라는 말과 함께 이범현의 몸이 흠칫하고 떨렸다. 차 검사는 그를 불안한 표정으로 한 번 보더니 다시 태훈을 보았다.

"그런 사람이 잔인하지 않다고요?"

"그 때 역시 협박과 강요에 이기지 못하고 그 당시의 피고인의 환경을 고려해서는 그에게는 최후의 선택일 지도 몰랐었습니다."

"최후의 선택이요? 납치가 최후의 선택이라는 이름으로 합리화 될 수 있을까요?"

태훈은 입을 꾹 다물었다.

"일단 흥분을 가라 앉혀 주십시오. 현재 이 자리는 누가 옳고 그르냐를 가리는 자리가 아님을 두 분이 더 잘 아실 겁니다. 다음 공판에서 그 사실을 가리도록 하죠."

판사의 제지에 두 사람이 수긍했다.

"이번 살해사건에서 피고인은 피해자를 살해할 의도가 없던 계획적이 아닌 우발적인 범행이었고 지속적인 피해자 우원도의 강요와 협박에 의해 심신이 미약해진 피고인이 벌인 범행이므로 이에 정상참작하여 징역 11년을 선고하여 주시길 바랍니다."

태훈이 자리에 앉았다.

판사의 입에서 본 사건의 쟁점이 읽혀지기 시작했다. 이후 검사 측과 피고인 측의 증인 및 증거제출 시간이 되었다.

"국립과학수사연구원에서 보내온 수사자료를 증거물로 제시하며 20년 전의 '판사 자녀 납치사건'을 담당하였던 강력계 반장 이판수를 증인으로 신청합니다. 또한, 20년 전 그 사건의 피해자 이유지 씨의 친동생인 이범현 씨를 증인으로 신청합니다."

차 검사의 말처럼 이범현이 증인으로 신청되었다. 태훈은 가슴이 허해졌다. 그러나. 자신은 현재 피고인의 변호사라는 입장에서만 생각하기로 한다.

"이의 있습니다. 검사 측은 계속해서 20년 전 그 사건을 들먹이고 있습니다. 이번 사건은 그 때의 사건이 아니라 얼마 전 일어난 살해사건을 가리는 자리이지 않나 싶습니다."

'강태훈….'

태훈의 말을 들은 범현의 눈은 미세하게 떨렸다. 그런 식으로 말하지 않았으면 했다. 마치 자신에게는 관계없는 것처럼 말하지 않기를 바랬다.

범현의 가슴으로 뜨거운 무언가가 솟았다.

"또한 증인으로 검사 측이 신청한 이범현 씨는 타당하지 않다고 판단됩니다."

"타당하지 않다고요? 현재 변호인이 맡은 피고인에 의해 희생된 사람의 가족입니다."

"그렇기 때문에 더욱 부동의 합니다. 본 사건을 감정적으로 이끌어갈 요지가 충분하기 때문입니다."

감정적. 그렇다. 감정적으로 재판이 이끌어질 요지가 충분했다. 판사는 잠시 생각에 빠졌다.

좌우배석 판사들과 몇 마디를 나눴다.

"변호인 측 이의를 기각합니다. 본 재판은 물론 이번에 일어난 살해사건을 밝히는 자리가 맞습니다. 허나. 20년 전 사건의 실체 역시 밝혀야한다는 것이 타당하다고 사료됩니다."

태훈은 들리지 않을 한숨을 쉬며 자리에 앉았다. 결국 피해갈 수 있는 건 없었다. 태훈도 증거와 증인을 신청했다.

"퇴정하셔도 좋습니다."

모든 절차가 마무리 되고 판사들이 가장 먼저 나섰다. 방청석의 이들도 우르르 빠져나가기 시작했다.

피고인인 강문헌은 법정경위가 이끌었다.

태훈은 자신의 자료들을 서류가방에 챙기고는 몸을 돌

렸다.

  방청석의 모든 이들은 빠져있었고 그곳에는 범현만이 앉아서 태훈을 노려보고 있었다.

  그의 시선이 태훈의 가슴을 저릿하게 만들었다.

  그는 힘겹게 무시하며 발걸음을 옮겼다. 그의 옆을 막 지나치려는 찰나였다.

  "아무리 그래도 그건 아니잖아. 감정적… 태훈아. 이건 아니었어."

  범현은 입술을 질끈 깨물었다.

  태훈은 그를 돌아보며 힘겹게, 아주 힘겹게 웃었다.

  "난 변호사로써의 일을 했을 뿐이야."

  "…우리가 친구가 맞나?"

  범현은 몸을 일으켜 말했다. 차 검사도 가던 걸음을 멈추었다.

  "우리가 친구가 맞아!?"

  범현의 목소리는 법정을 흔들어놓기에 충분했다. 그는 태훈의 양 어깨를 손으로 잡았다.

  밖에 있던 법정경위 한 사람이 놀라 안으로 뛰쳐 들어왔다.

  차 검사가 손을 들어 경위를 제지했다.

  "친구이니까. 이러는 거야. 정신 차려 이범현. 너를 보지 말고. 법을 봐. 너의 시선이 아닌 법의 시선으로 보라고! 넌 검사 이범현이야!"

"그 전에 이유지의 동생이기도 해."

"진짜 친구이기 때문에 이러는 거야. 범현아. 정신 차려. 네가 그런다고 너의 누나가 살아 돌아오진 않아."

태훈의 말에 범현은 둔탁한 무언가에 머리를 맞은 듯 했다. 팔의 힘이 풀리며 손이 어깨에서 툭 떨어졌다. 그는 실소를 흘렸다.

그는 몸을 돌렸다.

범현은 가슴이 아렸다. 자신도 왜 이러는지 모르겠다. 분명 태훈이 저러는 이유를 자신은 누구보다 더 잘 알고 있었다.

태훈은 누구보다 자신을 아껴주는 친구였다. 그 친구의 뒷모습이 너무나 슬퍼보였다.

그러나 입은 다른 말을 내뱉는다.

"난 갑자기 의심스러워. 너와 내가 친구일까?"

태훈의 걸음이 멈췄다. 그러나 아무 일도 없었던 것처럼 그는 다시 걸어 법정을 빠져나갔다.

그가 나서고 차 검사는 머리를 헝클어뜨리며 이범현을 쏘아보았다.

"너 정말 미쳤구나. 강태훈 변호사가 왜 저러는 줄 몰라? 너 이 새끼 미친 짓 막으려고 저러는 거잖아! 왜 너만 인정을 안 해. 너희 누나는 죽었어. 네가 이런다고 살아 돌아오지 않는다고."

"…다…쳐…."

"너희 아버지도 법으로 해결하시기를 원해. 하늘에 있는 너희 누나도 법으로 해결 되기를 원할걸? 동생인 네가 이러는 모습 너희 누나가 보면…."

"닥쳐!"

범현의 손이 차 검사의 멱살을 움켜쥐며 밀었다. 그의 몸이 의자에 막혔다.

"검사님…?"

이 모습을 지켜보던 경위가 진압봉에 손을 뻗으며 차 검사를 보았다. 차 검사는 고개를 저었다.

범현은 울고 있었다.

멱살을 잡은 손등 위로 눈물이 떨어졌다.

고개를 숙인 그는 하염없이 운다.

"나도 알아. 그러니까 제발 좀 닥쳐."

차 검사는 한숨을 내쉬었다. 그의 머쓱한 손이 범현의 등을 두들겨주었다.

화장실에 들어온 태훈은 막아놨던 숨이 턱하니 터지는 것을 느꼈다. 그는 실소를 흘렸다.

거울 속에서 자신의 모습이 비춰지고 있었다.

범현의 입에서 그런 말이 나왔다. 그는 미친 사람처럼 웃음을 흘렸다.

"힘들다… 씨발…."

처음으로 지금 자신이 걷고 있는 변호사의 길에서 후회라는 것을 해본다. 모든 것을 털어놓고 싶을 정도였다.

세면대의 물을 틀어 얼굴을 한껏 적셨다. 휴지로 얼굴을 닦은 후 그는 밖으로 나섰다.

마치 이럴 상황을 대비하기라도 한 것처럼 도혜가 법정 앞에서 그를 기다리고 있었다.

그는 태훈의 얼굴을 보고는 말을 잃었다.

두 사람은 말없이 주차장으로 걸음 했다.

"힘들면 기대. 괜찮아. 난 네 여자친구 인 걸."

"그래도 되려나. 나 남자인데."

도혜는 몸을 돌려 태훈과 마주보며 그의 옷깃을 살며시 잡았다. 태훈의 눈은 심하게 떨리고 있었다.

도혜의 양 팔이 그의 허리에 둘러졌다. 태훈의 몸의 떨림이 그에게 전해졌다.

"크흐흑, 힘들다. 나 너무 힘들다. 도혜야."

결국 태훈은 참았던 눈물 한 방울을 흘렸다. 그는 울음을 참기 위해 애썼지만 쉽사리 되지 않았다.

도혜는 그런 태훈의 품에서 그를 지켜줄 뿐이다.

NEO MODERN FANTASY & ADVENTURE

3. 용서

용서

 범현을 진정시키고 그를 이끌던 차 검사는 주차장에서 도혜의 품에서 울고 있는 태훈을 발견할 수 있었다.
 범현 역시 그 모습을 발견했다.
 차 검사는 그를 반대쪽으로 이끌었다.
 "너만 힘들어 하는 게 아니야. 강태훈 변호사도 너만큼이나 힘들어. 그러니까 제발…."
 차 검사는 더 이상 그 말을 끝맺지 못했다. 범현은 입술을 질끈 깨물고 있었다.
 머릿속은 복잡하게 엉켜지고 있었다. 한숨을 쉰 차 검사는 그들에게 보이지 않게 범현을 다른 곳으로 이끌고 갔다.

※

집으로 돌아온 범현은 아무것도 할 수 없었다. 머리는 분명하게 그러지 말라고 말하고 있었다.

그래선 안 된다고. 태훈에게 그래서는 안 된다고 말하고 있었다.

그러나 입은. 몸은 행동은 전혀 다르게 움직이고 있었다.

그는 법정에서 태훈에게 했던 말이 떠올랐다.

'난 갑자기 의심스러워 너와 내가 친구일까?'

해서는 안 되는 말이었다. 그에게 해선 안 되는 말이었다. 자신도 주체할 수 없었다. 누나를 떠올리면 참을 수 없었다.

그 격한 감정을, 20년간 참아왔던 복수심을.

할 수만 있다면 강문헌도 누나와 같은 고통을 느끼게 해주고 싶을 정도였다.

"빌어먹을."

그는 입술을 질끈 깨물었다. 그의 고개가 푹 바닥으로 향했다.

복잡한 머리는 쉽사리 진정되지 않았다.

머릿속으로 친구였던 태훈과 함께했던 시간들이 지나간다. 그는 자신의 옆을 지켜주었던 버팀목이었다.

※

　대한 법무법인의 대표 강태산은 실소를 흘릴 수 밖에 없었다. 한성호 변호사가 내려놓은 '사직서'라고 적혀져 있는 봉투 때문이었다.

　한성호는 평소와 같이 표정 변화가 전혀 없었다. 강태산은 요즘 자신이 한기태를 밀고 한성호를 뒤로 뺐다는 사실을 어느정도 인정했다.

　그리고 요즘 한성호는 슬럼프에 빠지듯 맡는 사건마다 패소를 하고 있었고 대기업 관련한 사건도 몇 개 손을 뗀 상황이었다.

　그렇지만 강태산은 알고 있었다. 아무리 그렇다고 한들. 한성호는 대한 법무법인을 이끌던 기둥 중 하나였다.

　그 기둥이 하나 없어진다면 한기태가 버텨줘야 했다. 그러나 한기태만으로 그 기둥이 버텨줄 지는 의문이었다.

　결국 기태와 성호를 저울질 함으로써 이런 상황을 만들어낸 것은 강태산 대표였지만 아쉬운 소리가 나오기 마련이었다.

　"꼭 이래야겠나?"

　한성호는 아무 말 없었다. 이내 픽하고 웃었다.

　"처음부터 알고 있었습니다. 이 대한 법무법인에 정상은 없다는 사실을. 그렇지요?"

"크흠. 아니, 자네가 바로 정상이었어."

"지금은 한기태가 정상이 되었습니다. 강태산 대표님."

한성호는 말장난 따위는 하고 싶지 않았다. 그는 날카로운 눈으로 뿔테안경을 맞췄다. 분명 요즘 슬럼프가 왔고, 그와의 계약을 해지하는 대기업들이 존재했지만 한성호는 적으로 돌린다면 무척이나 위험하고 강한 존재였다.

"그리고 또 다른 변호사가 정상이 될 겁니다. 그러면 강태산 대표님은 이 말씀을 하시겠죠. '나와 함께 대한을 이끌고, 내 뒤를 이어주겠나.' 하고 말입니다. 하하하!"

한성호는 쩌렁쩌렁 대표실이 떠나가랴 웃었다. 강태산의 얼굴이 일그러졌다. 책상 위로 올라간 그의 손에 힘이 들어갔다.

절로 손 밑에 펼쳐져있던 종이가 구겨졌다.

"결국 피는 물보다 진하지 않소. 강태산 대표."

한성호 변호사는 다시 한 번 뿔테 안경을 고쳐 잡았다. 결국 대한 법무법인은 망나니 같은 강태산 대표의 아들이 물려 받을 것이다. 이제 그는 이곳의 개가 아니라는 강경한 의미였다.

그는 거칠게 몸을 돌렸다.

밖으로 나온 그에게 수많은 이들의 시선이 향해 있었다.

그 눈빛은 대한 법무법인에 대한 불신이었다.

아무리 한성호가 요즘 주춤한다고는 하지만 상당히 많

은 숫자의 변호사들이 한성호를 믿고 있는 것은 변할 것 없는 사실이었다.

물론 한기태 역시도 손색없는 변호사였지만 각 장단점은 분명히 존재했다.

한성호는 리더쉽과 카리스마로 수장과 같이 변호사들 전부를 통솔할 힘을 가졌다. 반대로 한기태는 노련한 실력과 욕심. 욕망이 그 힘을 극대화 시켜 큰 힘을 발휘하고 때론 카리스마를 보이기도 했다.

그러나 아직 분명히 대한 법무법인의 신임을 얻지는 못했다. 아직은 한성호가 더욱 굳건한 기둥이었다.

그런 그가 강태산 대표에게 '엿이나 먹어' 하며 사직서를 내고 나와 버렸다.

그는 자신의 짐 따위 챙기지 않았다.

주머니에 손을 꽂은 그는 터벅터벅 다른 변호사들의 시선을 받으며 문 쪽으로 걸어갔다.

"한성호 변호사님…."

"하아."

깊은 한숨이 들리고 그를 붙잡는 목소리가 들렸다. 세상은 한성호를 차가운 사람. 냉정하지만 실력 있는 최고의 변호사로 불렀다.

그리고 어떠한 이들은, 수단과 방법을 가리지 않는 악질적인 변호사로 불렀다.

그렇지만 그도 분명히 마음이 있는 사람이었다는 사실이다.

이중 몇 사람은 비밀리에 한성호의 도움을 받은 적이 있었다. 이익을 위해 움직이는 한성호지만, 가슴을 위해 움직였던 적도 있다는 것이다.

누군가 걸어 올라와 문을 열었다.

그곳에는 앞머리를 왁스로 띄우고 깔끔한 코트를 입은 한기태가 있었다. 심상치 않은 분위기에 그는 의아한 표정을 지었다.

한성호는 그의 앞에 섰다.

그의 어깨에 손을 뻗어 두들겼다.

"인과응보지. 내가 자넬 이용하려 했거든. 뭐 어떻게 일이 풀렸든. 결국 이렇게 되네."

한성호는 실소를 흘리며 그의 어깨위의 먼지를 털어주었다. 기태도 눈치가 있기에 직감했다.

"설마…."

"이빨 빠진 호랑이는 빠져주지. 이곳에 정상은 없다는 것만 알아두게."

한성호는 기태에게 미운 마음은 없었다. 처음에 기태를 대한 법무법인에 끌어들인 것은 바로 본인이었다.

그를 이용하기 위해서였다. 그러나 마음 속 한편에서는 그랬을지도 모른다. '이 녀석 높은 곳에 세워보고 싶다.'

면접을 보던 당시. 어머니와 행복하게 살기 위해 이곳에 지원했다는 솔직한 마음을 내뱉은 한기태는 욕심도, 열망도, 노력도, 그리고 다른 것도 가지고 있어 보였기 때문이다.

모든 것은 자신이 만들어냈다.

지금 녀석은 괴물이 되었다. 이 모든 것이 자신의 결과물이다. 탓할 사람은 없었다.

한기태는 그에게 작은 목례를 취했다. 예의였다.

한성호는 픽 웃었다.

"알고 있었던 거지."

"네."

"내가 자넬 이용하려 했다는 사실을 진작에 알고 있었던 거야."

한기태는 더 이상 답하진 않았지만 알고 있었다. 오히려 그것을 역으로 이용해 높게 선 한기태다.

"자넨, 아주 훌륭하구만."

그 말을 끝으로 한성호는 그를 지나쳤다. 기태의 시선이 그의 뒷모습에 향해있었다. 한성호의 걸음이 우뚝 멈춰섰다.

"자네 친구들이 요즘 심란한 일에 빠진 것 같던데. 가보지 않아도 되나?"

기태는 대답하지 않았다. 태훈과 싸웠던 일이 스쳐 지나갔다. 범현과도 요즘 자신도 모르게 서먹해졌다.

"사실 자네들 셋. 난 보기 좋았어."

한성호는 빙긋 웃었다. 그 말을 끝으로 그는 계단을 밟고 내려갔다. 기태에게서 짙은 한숨이 흘러나왔다.

마지막 그 말은 한성호의 진심에서 나온 말이었다.

괴물이 되어버린 기태를 유일하게 지탱하고 이끌어줄 친구들은 그들이었다. 강태훈. 이범현.

한성호가 본 그들은 강한 사람들이었다.

❊

증거자료가 제출되고 국립과학수사연구원의 진술이 이어졌다. 그리고 20년 전 그 사건을 담당했던 강력계 형사의 증언 역시도 이어졌다.

강력계 형사는 그 당시 가족들이 무척 힘들어 했으며 좀처럼 사건을 쫓는데 다소 어려움을 겪었었다고 진술했다.

그 다음으로 증인으로 착석한 것은 이범현이었다.

"…위증의 벌을 받기로 맹세합니다."

선서서를 낭독 후 형식적인 절차가 지나갔다. 차 검사는 들리지 않을 한숨을 쉬며 시작했다.

"증인. 증인이 어린시절 보았던 그 사건에 대해서 말씀해 주실 수 있겠습니까?"

이범현이 고개를 끄덕였다.

판사들의 시선은 범현에게로 향해있었다.

웬만한 법조인들이라면 알고 있었다. 현재의 대치 상태의 구도를 말이다.

강태훈과 이범현은 끈끈한 친구사이였다. 문제는 강태훈은 이범현의 누나를 잃게 한 사건의 가해자의 변호인이라는 사실이었고, 이범현은 당연하게도 강력한 처벌을 원하고 있었다.

이 두 사람의 충돌에 우려를 하는 사람도 분명히 많았다. 자칫, 감정적으로 이어질 우려가 있었고 법보다는 다른 것들이 오갈지도 몰랐기 때문이다.

그러나 강태훈은 냉정하게 사건에 임하고 있었고 이범현은 자신의 선에서 높은 형을 받을 수 있게 움직이고 있었다.

정당했다.

"그때 저는 무척이나 어렸습니다. 그렇지만 또렷하게 기억합니다. 평소와 다르게 누나가 집에 늦게까지 귀가하지 않았고 부모님은 걱정을 했습니다. 저 역시 마찬가지였습니다. 누나는 저에게 너무나도 소중한 존재였기 때문입니다. 다음날. 전화가 한통 걸려왔습니다. 대충 짐작이 가실 겁니다."

판사도 차 검사도 고개를 끄덕였다.

"부모님은 저에게 방에 들어가 있으라고 했지만 전 숨어서 모두 들었습니다. 범인들은 금전을 요구했고, 누나를 바꿔줬습니다. 누나는…."

그는 목이 턱 메인 듯 말문이 막혔다가 다시 말했다.

"'보내주세요.'라고 말했습니다. 그리고 전화는 끊어졌고 아버지는 결국 경찰에 신고를 했습니다. 그 당시의 저는 무척이나 불안했습니다. 전 어릴 적에 또래에 비해 유독 키도 작고 힘도 약해, 동네 힘 좀 쓴다는 아이들에게 괴롭힘 받기 일쑤였거든요. 그때마다 누나가 집에 있는 거라곤 다 가져와 휘두르며 '우리 범현이한테서 떨어져!'라고 하곤 했습니다."

태훈의 다리에 힘이 들어갔다.

몸을 일으키려던 그는 몸을 일으킬 수 없었다.

'본 증인의 발언은 감정적으로 방청석과 법정 내의 쟁점을 흐리게 합니다!'라는 말을 하려 했으나 범현의 표정을 보자 차마 그럴 수 없었다.

그는 작은 웃음을 띠고 있었지만 눈만큼은 울고 있었다.

또한 판사 역시도 그의 이야기에 경청하고 있었다. 태훈이 이의를 제기한다고 할지라도 기각될 것이다.

"누나 없는 삶은 생각해 본 적이 없었는데 말이죠. 2주 후. 누나가 기적처럼 돌아왔습니다. 증인으로 출석해주신 강력계 반장님 말씀처럼 진술을 하였고 대부분이 수사에는 어려움을 겪게 한 진술이었습니다. 정확한 장소도, 시간도, 범인들의 얼굴도 어느 것 하나 확실한 게 없었습니다. 그리고 누나는 정신병을 앓기 시작했습니다. 범인들 중 한 사람은 누나를…."

그는 또 다시 목이 메인 듯 눈을 감았다가 힘겹게 떴다.

"강간을 했고 죽이려고 위협까지 했었습니다. 그에 그때의 두려움과 상처가 깊숙이 남아 정신과 치료를 받기 시작했지만 나아지질 않았습니다. 대인기피증이 왔고 극심한 우울증이 침식한 것 같았습니다. 집에서 나오지 않았고 학교 역시 갈 수 있는 상황이 아니었습니다. 그리고 누나는 결국 스스로 수면제를 다량으로 복용해 이 세상을 떠났습니다."

"그렇군요. 증인. 증인은 어린 나이에 너무나도 많은 것을 보았고 그 당시 피해자 이유지 양 역시 마찬가지였군요. 재판장님 이처럼 아직까지도 20년 전 사건의 피해자의 유족들은 힘겹게 하루하루를 견뎌가고 있다는 사실입니다. 이상입니다."

차 검사는 더 이상의 질문을 범현에게 할 수 없었다. 그의 표정이 너무나도 힘들어보였기 때문이다.

"피고인 측 변호인. 반대 신문 하시겠습니까?"

태훈은 모두의 시선이 자신에게 향해있자 고개를 끄덕였다.

몸을 일으키려는데 천근만근처럼 무거웠다.

친구 이범현을 신문해야한다.

그리고 이것은 분명 자신에게 큰 한 수가 될 것이다.

범현의 앞에 선 태훈의 머리가 아득해진다.

미안하다. 범현아.

미안하다. 이범현.

그 말이 목구멍까지 차올랐다.

그렇지만 그는 그것을 내뱉지 못했다.

그는 가슴을 차갑게 진정시켰다. 그의 입이 열렸다.

"증인은 분명 피해자 이유지 양의 가족으로써 대중에 알려진 사실보다 더욱 많은 사실을 알고 있습니다. 그렇지요?"

"네."

범현은 고개를 끄덕였다.

"또한 피고인과 피해자에게서 도망쳤었던 이유지 양의 진술 역시 들은 것이 있습니다."

범현의 눈이 찌푸려졌다. 그는 설마 하는 표정으로 태훈을 보았다.

"증인. 증인은 과거 저에게 누나 이유지 양에 대하여서 이야기를 하면서 누나가 도망갈 수 있게 도와준 범인이 있었다라고 말하지 않았습니까?"

태훈의 말에 범현은 눈을 크게 떴다. 그 사실을 이 자리에서 태훈이 밝혔다.

범현의 입이 꾹 다물어졌다. 태훈도 답답한 심정이었지만 핵심적인 한방이 되줄 것이다.

"대답해주세요. 증인. 그렇게 말씀하신 적이 없었습니까?"

범현의 입은 좀처럼 열릴 줄 몰랐다. 판사에게도 그것은 중요한 이야기였다.

"대답하세요. 증인."

판사의 촉구에 범현의 입술이 질끈 깨물어졌다. 이렇게 물으면서도 태훈도 가슴이 아프고 힘들었다.

그러나 어서 빨리 이 사건을. 자신과 범현 사이를 갈라놓으려는 이 일을 끝내고 싶은 마음이 굴뚝 같았다.

"맞습니다."

"보시던 바와 같이 20년 전 그 사건의 범인은 총 두 사람이었습니다. 한 사람이 피해자인 우원도 씨이며 한 사람이 가해자로써 피고인 자격으로 이곳에 앉아있는 강문헌입니다. 이중 피고인 강문헌은 전적으로 그 당시 우원도의 협박과 강요, 그리고 생활적 환경에 의해 범행을 저지르게 되었고, 결국 납치 감금한 지 2주 만에 피해자 이유지 양이 도망칠 수 있게 도와주었습니다."

"변호인. 우원도가 도와주었고 강문헌이 반대였다면요?"

차 검사는 의문을 제기했다. 기다렸다는 듯이 갑 2호 증과 3호 증을 제시했다.

우원도가 강문헌에게 함께 납치를 모의하지 않으면 세상에 까발리겠다는 문자 내용과 녹음이 내용이었다.

그 내용은 전적으로 강문헌이 강요와 협박을 당하고 있다는 사실을 증명하였다.

"20년 전에는 강문헌이 반대로 우원도를 협박, 강요했다라고 생각할 수 있을까요?"

심증적으로도 태훈이 주장하는 바가 맞았다.

"갑 5호 증을 제시합니다. 피고인 강문헌의 딸의 사망진단서입니다."

사망진단서를 훑어본 판사는 고개를 끄덕였다. 사망진단서에는 7살 아이로써는 겪기 힘든 병이 적혀 있었다.

"그 당시 강문헌의 딸 강지윤 양은 유방암 진단을 받았고 수술을 하지 않으면 생명이 위태로울 정도였습니다. 그 수술비는 만만치 않았고 결국 강문헌이 사건에 가담하게 된 계기가 된 것입니다."

판사는 고개를 끄덕거리는 한편, 확실한 이야기가 듣고 싶었다.

그 뿐만이 아니었다. 이 법정의 방청석의 이들도 다른 이들도 그 이야기를 듣고 싶은 듯 보였다.

"피고인 가능하다면 그 당시의 상황에 대해 상세하게

진술해주실 수 있겠습니까?"

"네."

※

모든 이야기를 들은 법정의 사람들은 잠시 침묵했다. 분명히 딱한 이야기였다. 그러나 20년 전의 사건이었고, 자신의 범행을 순화하기 위해 거짓말을 감미했을 수도 있었다.

그렇지만 태훈의 말이 핵심이었다.

이범현은 분명히 증인석에서 20년 전 누나 이유지를 도와 도망치게 한 사람이 있었다는 것을 인정했다.

그것은 분명히 핵심이었다.

"이처럼 피고인은 그 당시 이유지 양을 구하기 위해 피해자 우원도와 격투를 벌였었고 끝내 다리 하나를 잃는 아픔을 겪게 되었습니다."

재판장은 고개를 끄덕였다.

그러나. 그는 진중하게 양측을 보았다.

과연 그렇다고 한들. 강문헌의 죄가 용서가 될 수 있을 것인가.

감형이 마땅한가. 아니면 더욱 높은 형이 마땅한가.

최종변론의 시간이었다.

검사 측이 먼저 말을 이었다.

"존경하는 재판장님. 지금 변호인 측은 피고인 강문헌이 그 당시 납치사건을 벌인 것은 맞지만 다시 죄책감을 느껴… 이것은 말도 안 되는… 대한민국 법에 의해… 안타까운 사연을 가지기는 하였으나 분명히 납치 뿐 아니라. 이번 살해사건을 관련하여… 높은 형을 구형하여… 여론을 위해서라도… 하시기 바랍니다. 이상입니다."

"변호인 측 최종변론 해주시기 바랍니다."

"네."

태훈도 몸을 일으켰다. 범현의 시선이 그에게 향해있었다. 태훈은 애써 외면했다.

그는 자신의 의견을 모두 토해냈다.

판사가 퇴정을 말하기 전이었다.

강문헌이 입을 열었다.

"할 말이 있습니다."

"피고인."

태훈은 그를 작은 목소리로 불렀다. 강문헌은 태훈을 보며 씁쓸하게 웃었다.

문헌은 판사를 보았다.

그는 고개를 끄덕였다.

"허락합니다."

"알다시피 전 20년 전 그 사건도 이번 살해사건에서도 모두 죄를 지었습니다. 저는 이 자리에 형을 감면 받기 위해 나온 것이 아닙니다. 자수해서 광명 찾자고 나온 것도 아닙니다. 그 아이의 가족에게 용서를 받고 싶었습니다. 20년 간 한 번도 그 얼굴이 눈 앞에서 떠나질 않았습니다."

그의 눈에서 눈물이 하염없이 흘러내리고 있었다.

"저도 제가 이기적인 건 압니다. 용서를 받고 싶다니요. 살해범에, 납치범이 용서라니 어처구니 없는 것은 압니다. 그렇지만 제가 원하는 용서는 이만 그 유족들이 편해지면 하는 겁니다. 그게 제 용서의 기준입니다."

강문헌은 범현을 보고 있었다. 그는 여전히 분노에 찬 표정으로 문헌을 보고 있었다.

"사형이요? 무기징역이요? 그게 저의 죄 값이라면 다 받겠습니다."

"피고인…!"

태훈은 당혹한 표정으로 그의 팔을 잡았다. 그러나 그는 강경했다.

그는 몸을 일으켰다.

"내가 진 죄 값 다 받을 테니까. 그만 편해지십시오. 이제 그만 떠나보내십시오. 제가 이런 말해서는 안 되는 건 압니다. 그렇지만 떠나보내십시오. 이런 절 용서하십시오."

그는 법정의 중앙으로 걸어 나갔다. 법정 경위가 진압봉에 손을 뻗으며 한 걸음 나섰지만 판사가 손을 들어 제지

했다.

절뚝이는 발로 걸어 나온 문헌은 계속해서 범현에게 고개를 숙여 보이며 되풀이 하며 외쳤다.

"용서해 주십시오. 부디 용서해 주십시오. 이 죄를, 뭐든 다 달게 받을 테니. 용서하십시오. 부탁입니다. 제발, 모두 떠나보내고 이제 가슴 아파 하지 마십시오."

범현은 주먹을 꽉 쥐었다. 그는 표정 변화 없이 그 모습을 차갑게 보고 있었다.

판사는 곧 준비하고 있던 법정경위에게 눈짓했다. 그가 다가가 강문헌을 이끌었다.

"용서하십시오! 제발 나를 용서해주십시오!"

법정경위 두 사람이 그를 이끌었다. 그가 나서고 곧 법정에 차가운 냉기가 감돌았다. 그 침묵을 깬 것은 판사였다.

"다소 소란스러웠던 점을 양해 부탁드립니다. 모두 퇴정하셔도 좋습니다."

그 말과 함께 모두 몸을 일으켰다. 태훈도 마찬가지였다. 그는 한숨을 쉬었다.

※

한 달이라는 시간이 훌쩍하고 지나갔다. 물론 강문헌

의 사건도 종결되었다. 그가 받은 죄의 값은 25년 형이었다. 결국 법정은 여론의 힘을 무시할 수 없었고, 딱했다지만 정상참작을 통해서 그만큼 낮은 형을 줄 수 없었던 것이다.

25년 형이면. 문헌의 지금 나이를 감안한다면 그에게는 무기징역과 다를 바 없었다.

외롭게 그 안에서 그는 죽음을 맞이하게 될 지도 몰랐다.

때문에 태훈은 문헌에게 항소하자고 말했다.

그렇지만 문헌은 고개를 저었다.

항소하고 싶지 않다고 그는 말했다.

판결이 난 후에도 태훈과 범현은 연락 한 번 하지 않았다.

태훈도 먼저 연락할 수 없었고, 범현에게서도 연락이 오지 않았다.

이대로 자신들 사이가 틀어져 버린 걸까 하고 태훈은 하루하루 자신을 한탄하고 범현과의 관계를 호전시킬 수 있는 방법을 생각하고 있었다.

그러나 그것은 괜한 걱정이었다. 문헌과 범현이 나눈. 태훈이 모르는 이야기가 있었다.

판결이 나고 삼일 후.

이범현은 강문헌을 직접 찾아왔다. 면회실로 들어온 범현을 보며 문헌은 아무런 말도 하지 못했다.

수화기를 든 범현은 아무런 표정도 없이 그를 보며 입을 열었다.

"저희 아버지는 그 쪽을 용서하신 것 같더군요."

용서라는 말의 의미를 범현은 잘 알지 못하겠다. 아버지는 유지의 일을 덮고 잊고서 산 사람은 모두가 살자. 라고 말씀하고 계셨다.

그것이 문헌 식으로는 용서가 될 것이다.

"어머니 역시도요."

그는 입술을 질끈 깨물었다. 그러고 보면 20년이라는 시간이 지났다.

잊혀지기 충분했다. 아무리 그녀를 그리워한다고 할지라도 그녀가 살아서 돌아오는 것은 아니었다.

이미 그녀는 돌아올 수 없는 강을 건너버렸으니까.

"그래서 나도 당신을… 용서할까 했는데. 그게 마음처럼 잘 안됩니다."

범현은 입술을 질끈 깨물며 흐느꼈다. 아버지도 태훈도, 강문헌도 잊어주길 바라고 있었다. 그리고 그 사건의 가해자 중 한 사람은 이제 고인이 되었고 한 사람은 어쩌면 감옥 안에서 죽을 때까지 있을지도 모른다.

그 죄 값은 어쩌면 충분할지도 몰랐다.

그러나 중요한 건 범현의 마음이었다.

그는 한참이나 생각했었다.

"그런데. 다른 사람 말처럼 생각해보니까. 누나는 오히려 그걸 더 바랄 것 같습니다. 누난… 당신은 원망하지 않았거든요. 누나가 그랬습니다. 그중 한 아저씨는 어쩔 수 없었다고."

범현이 꺼내는 이야기는 유지가 부모님에게도 경찰에게도 누구에게도 하지 않은 이야기였다.

자신만이 알고 있던 이야기였다.

"불쌍한 사람이라고. 슬픈 눈을 가졌다고. 그 아저씨는 어쩔 수 없었다고. 자기 딸을 살리기 위해서였다고."

누나는 분명히 강문헌을 걱정했었다. 그 당시 도망치면서 우원도가 휘두르는 낫에 다리를 다치는 것을 보았고 그러면서도 도망가라고 손짓하던 모습 역시 보았다.

우원도와 격투를 벌이던 모습 역시 숨어서 끝까지 지켜봤었다.

그녀는 분명 강문헌을 크게 걱정하고 있었고, 그가 잡힐 것을 염두에 두고 있었다.

"누나는 애초에 당신은 원망하지 않은 겁니다. 그렇기 때문에 용서합니다. 그러고 싶지 않지만. 용서합니다. 누나를 위해서 용서하겠습니다."

"고맙네."

강문헌은 작게 웃었다. 20년 간 가슴속에 맺혔던 뜨거운 무언가가 싸하고 사라지는 느낌이었다. 힘겹게 그 말을 마친 범현은 눈물을 닦아냈다.

"강태훈 변호사는 자네를 위한다네. 그러니 용서해주게."

그 말에 범현은 실소를 흘렸다. 그는 고개를 저었다.

"용서요? 애초에 강태훈 변호사가 저한테 용서를 받을 죄를 지은 적이 있나요?"

"원망하고 있지 않나?"

"친구를 원망하진 않습니다. 단지, 지금 제가 인정 못하는 것이지요."

범현은 힘겹게 웃었다. 스스로, 무엇이 잘못되었고 무엇이 옳은 것인지 머리는 인식하지만 몸이 그러지를 못해 태훈의 앞에 나서지 못하고 있었다.

진정이 된다면 태훈에게 자신이 먼저 다가갈 것이었다.

"이만 가겠습니다."

범현은 면회실로 나왔다. 문을 여는 순간 그는 우뚝 멈춰 섰다.

'이제 모두 잊겠어. 누나. 그게 낫지?'

그는 먼 허공을 보았다. 오늘따라 하늘이 더럽게 파랬다. 그 허공으로 누나의 얼굴이 보였다. 이제 그만 잊자.

사랑하던 누나를 보내주자.

그는 싱긋 웃었다. 누나, 잘 가.

이범현은 지청장과 마주 앉았다. 지청장은 여우 같은 눈빛을 번뜩이고 있었다. 얼마 전 범현에게 그 사건이 있었던 후 이범현이 접견실에서 난동을 피웠다는 둥 법정 안에서 소리를 질렀다는 둥의 이야기가 들려오고 있었다.

단단히 입막음 시켰지만 실체는 밝혀지지 않은 채 조금씩 이야기가 흘러 들어오고 그것은 유언비어처럼 부풀어지고 있었다.

그리고 이중, 지청장은 진실이 무얼까 생각하며 범현을 좌천 시켜 그의 고향 땅인 전주로 보내버릴 계획을 세우고 있는 중이었다.

"자네가 법원 안에서 소리를 질렀다는 이야기가 있던데. 뭐 강태훈 변호사하고 소리를 빽빽 질러대며 싸웠다며? 허참. 자네는 검사라는 직급을 가지고 있네. 대한민국 국민들의 신분 그대로를 드러내는…"

"거참. 서론이 깁니다."

이야기를 듣던 범현은 못 듣겠다는 듯이 귀를 후벼 팠다. 그 건방진 태도에 지청장의 얼굴이 붉어졌다.

아무리 그래도 최소한의 예의는 지켰던 놈이다.

범현은 품에 손을 넣었다.

그리고 하얀 정체 모를 물건을 꺼냈다.

NEO MODERN FANTASY & ADVENTURE

4. 죽마고우 연애시키기

죽마고우 연애시키기

그가 꺼낸 것은 사직서였다.

그는 그 사직서를 테이블 위에 탁! 하는 소리와 함께 내려놨다.

지청장이 안경을 고쳐 잡았다.

주머니에 손을 넣은 채 몸을 일으킨 범현은 싱긋 웃었다.

"이제 검사란 직업에 일 없습니다."

몸을 돌리는 범현을 보며 지청장은 그를 붙잡았다.

"이제 뭘 할 건가?"

사실 좌천 시키려는 계획을 꾸몄어도 이범현은 분명히 아까운 인재였다. 그의 실력은 많은 이들이 인정하고 있었으니까.

대한민국이란 땅에 그라는 검사가 하나 쯤은 있어야 검사의 위신이 살고 지지가 생기긴 하는 편이다.

막상 그만둔다고 하니 아쉬워서 그런 거다.

"뻔하지 않습니까. 법률 상담소나 차리렵니다."

"그 상담소. 손님들로 북적이겠군."

지청장은 고개를 끄덕였다. 범현의 법률 상담소는 손님이 미어 터질 것이다. 그는 분명히 검사로써 상당한 입지를 굳힌 친구였다. 형사사건에 있어서는 많은 손님들이 그를 찾게 될 것이다.

"그럼 수고하십쇼."

"나중에 술이나 한 잔 하지. 뒷정리 잘하고."

그가 말하는 뒷정리란 계장, 수사관과의 이별이었다. 그는 고개를 끄덕였다. 가장 미안한 사람들이었다. 그렇지만 이미 귀띔을 해준 상태였고, 그들도 수긍했다.

어쩌면 범현은 자신에게 실망했기 때문에 검사직을 내놓는다.

자신의 사사로운 감정에 의해 총을 빼들기도 했고, 친구가 자신을 도와주기를 바라기도 했다.

다른 사람은 '사람이라면 한 번 쯤 그럴 수도…' 라고 말할 것이다. 그러나 범현에게는 아니었다.

그는 지청장실을 나섰다.

이젠 이곳과도 안녕이다.

※

집의 주차장에 차를 세운 태훈은 무의식적으로 자신의 휴대폰을 열어보았다. 한 달 사이 이것이 습관이 되었다.

혹여 범현이가 먼저 연락을 했지 않을까, 메세지라도 하나 남기지 않았을까 하는 심정이 있었다.

마치 그의 모습은 좋아하는 여자의 메세지를 기다리는 것과 흡사했다.

역시나 연락은 오지 않았다.

작은 한숨이 나왔다.

문을 열고 밖으로 나왔다. 밖으로 나온 태훈은 아파트로 들어가려다 공이 튕기는 소리를 들었다.

아파트에는 농구경기를 할 수 있는 작은 골대가 마련되어 있었다. 그 골대에 자신도 모르게 태훈은 시선이 틀어졌다.

그곳에는 익숙한 실루엣을 가진 이가 공을 튕기다 높이 뛰어올라 골대에 깊게 농구공을 박아 넣고 있었다.

퉁 퉁 퉁

흩어진 공을 다시 잡은 남성의 시선은 태훈에게 돌아갔다.

그리고 그는 공을 몰면서 태훈에게 달려왔다.

태훈의 얼굴로 절로 웃음꽃이 맺혔다.

공을 몰고 온 이는 태훈에게로 공을 던졌다.

"한 게임?"

"좋지."

그는 이범현이었다. 땀이 송글송글 맺힌 이범현은 웃고 있었다. 공을 넘겨 받은 태훈이 외투를 벤치 위에 던져놓고는 골대를 향해 공을 몰며 뛰어갔다.

범현이 앞쪽에서 팔을 휘휘 저으며 공을 막으려했지만 태훈이 번쩍 뛰어올라 덩크슛을 했다.

쿵!

범현이 공을 잡았다.

공을 튕기며 그는 말했다.

"내가 잠깐 어떻게 되었었나봐. 너한테 그런 소리를 하지를 않나. 그런 부탁을 하지를 않나. 아 맞다, 나 너한테 총까지 겨눴지?"

범현은 그때의 생각만 하면 쥐구멍이라도 숨고 싶다는 표정으로 머쓱하게 말했다.

"내가 정말 정신이 오락가락했어. 머리는 그러지 말라고 하는데 몸은 움직이더라."

범현은 공을 몰며 앞을 막고 있는 태훈을 지나쳐 그대로 공을 던졌다.

부드럽게 골대에 들어간 공은 다시 바닥으로 떨어졌다.

태훈이 잡았다.

"이해해. 난 다 이해할 수 있어. 그럴 수도 있는 거지."

그는 싱긋 웃었다. 그리고는 범현을 제쳐 공을 넣으려 했지만 범현이 가로챘다.

"고맙다 태훈아 네 덕분에 내가 여기서 이렇게 멀쩡하게 농구할 수 있게 됐다."

그의 말에 태훈은 픽 웃었다.

"뭐가 고맙냐. 친구끼리."

"그렇지. 친구지. 우린 평생 떼놓을 수 없는 친구지."

태훈이 주먹 쥔 손을 앞으로 내밀었다. 범현이 그 주먹을 살살 때려줬다. 서로를 보며 웃은 두 사람이 몇 번 더 공을 튕기다 땀에 젖었다.

아파트 바로 인근의 편의점에서 캔 맥주를 사온 태훈이 범현에게 건넸다.

안주는 '숏다리' 라는 오징어 안주였다.

푸쉭!

시원한 소리를 내며 캔 맥주가 따졌다. 거품이 보글보글 올라와 그것을 후릅 마셨다.

범현은 자신의 품에서 뭔가를 꺼냈다.

검사증이 들어있는 목걸이였다.

투명 플라스틱 안에서 범현은 자신의 얼굴이 박혀있는 종이로 만들어진 신분증만 쏙 빼냈다.

그리고는 라이터를 꺼내 불을 붙이고, 목걸이는 휙 아무데나 던져버렸다.

"뭐해?"

그의 바로 앞에서 타들어가는 범현의 신분증을 보면서 태훈은 눈살을 찌푸렸다.

"형, 검사 때려 쳤다."

"뭐…?"

검사를 때려 쳤다는 말에 그는 다소 놀랐다. 걱정스러운 시선에 범현은 작은 실소를 머금었다.

"나 같은 놈이 무슨 검사를 하냐."

"무슨 헛소리냐."

태훈의 얼굴이 일그러졌다. 범현 같은 사람이 검사를 하지 그럼 누가 하겠는가. 우리나라의 검사 중 가장 떳떳하다고 말할 수 있는 검사가 자신의 친구인 범현이었다.

"감정적으로 사건에 연류하려고 했지. 피고인한테 총 겨눴지. 친구한테 상처 줬지. 나 같은 놈은 검사하면 안 돼."

"야."

태훈이 으르렁 거렸다. 범현이 손사레를 쳤다.

"사실 그건 핑계지. 나 같이 존나 멋있는 검사가 세상에 어딨냐."

그는 캔 맥주를 집어 들이켰다. 범현의 목저울이 시원스럽게 움직인다. 솟다리를 입에 하나 물어 질겅질겅 씹는 그는 질긴 그것을 쭈욱 늘어뜨려 뜯었다.

"사실 지쳤어. 지청장은 기회만 보이면 좌천시키려고

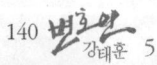

하지. 부장검사도 다를 바 없지. 선배 검사들은 벌레 보듯이 보지. 다른 사람들과 다르게 산다는 건 힘든 일이더라."

"그래, 그렇지."

태훈은 충분히 이해한다는 듯이 고개를 끄덕였다.

다른 사람들과 다르게 산다는 것. 그것은 그들에게 멸시를 받게도 하고, 무시를 당하게도 만들 수 있는 것이었다.

범현도 내색하진 않았지만 자신의 검사로써의 방식에서 수많은 갈등을 느꼈을 것이고 자포자기 하였을 때도 있었을 것이다.

내심 힘들었던 것이 있을 것이다.

그리고 그가 검사가 된 이유. 누나의 범인이 잡혔고, 그에 합당한 죄 값을 받게 되었다.

이제 범현도 모든 것을 털어놓고 싶어졌다.

"겨우 5년 조금 더 넘게 검사 하고 있었네. 그동안 이뤄놓은 것도 많고. 또 판검사 출신은 좋은 게 좋은 거 아니겠냐."

그렇다. 판검사 출신의 장점은 여기에 있다. 변호사가 될 수 있다는 점이었다. 물론 기존에는 범현보다 더욱 오랜 기간 판사 검사로써 입지를 굳힌 후 변호사가 되기 마련이었지만 말이다.

범현 정도라면 아마 법률 상담소에 상당한 손님들로 바글거릴 것으로 예상이 되었다.

"너도 같이 할래?"

범현의 물음에 태훈은 잠시 생각했다. 사실 태훈의 최종적인 목표는 자신의 법무법인을 설립하는 것이었다.

과거에도 그는 자신의 법무법인을 가지고 있었다. 그렇지만 도박 빚에 법무법인을 처분하는 지경에 이르렀고 그가 운영했던 법무법인은 사람들 위하는 곳은 아니었었다.

돈을 위해서 사람을 대접하는 법무법인이었다.

그렇지만 이번 생에는 조금 다른 생각을 가지고 있었다.

현재 태훈도 법률 상담소를 창업한다면 분명 흥할 것이다. 물론 금전적인 부분으로만 흥한다는 부분이 아니었다.

많은 손님으로 북적일 것이고 사람들을 위해서 일을 하겠다는 것이다.

그렇다면 금전은 저절로 쫓아오게 될 것이다.

사실 태훈에게도 돈은 분명히 필요했다. 나이가 들수록, 압박이 분명히 생겼다. 국선 변호인인 태훈에게 떨어지는 금액은 300-400만원 꼴이었다.

물론 600만원 이상을 받기는 한다. 그러나 국선 변호인의 경우 다양한 곳에 돈을 써야할 곳이 있었고 실질적으로 쥐는 돈은 300-400만원이 끝이었다.

현재 태훈이 살고 있는 아파트는 10억이 넘는 아파트였고, 누나가 예전에 주었던 통장의 돈도 있었다.

그런데 돌이켜보면 자신의 손으로 최소한 일구어낸 것은 없었다. 현재 태훈이 개인적으로 모은 돈이라고 해봐야

3천 만 원이 조금 더 있었다.

변호사 일을 시작한지 5년이 넘었다. 그런데 모은 수익이 상당히 저조했다.

분명 돈에 데인 적이 있기는 했지만 그는 사람이었다. 최소한 자신이 살아가는데 부족하지 않은 삶은 살고 싶었다.

그리고 그중 가장 큰 이유가 도혜에게 있었다.

자신들은 곧 결혼을 하게 될 지도 몰랐다. 얼마 전에는 정말 도혜의 부모님과 만나기도 했지 않은가.

실상 태훈은 이 나이 먹도록 스스로 일구어낸 게 3천만 원 밖에 라는 것이 조금은 답답했다.

이곳이 지방이라면 그나마 이해가 될 것이지만 이곳은 대한민국의 핵심지인 서울이었다. 월 300-400만원의 수입으로는 택도 없는 곳이다.

그 뿐만이 아니었다. 그 법무법인에서 태훈은 이루고 싶은 뜻도 분명히 있었다.

돈을 위해 운영했던 법무법인이 아니라, 박문수 대표처럼 사람을 위해 움직이는 법무법인을 만들고 싶었다.

현재 범현이 법무법인을 만들면 딱 그런 법무법인이 될 것이다.

그것은 태훈이 확신한다.

이범현은 악덕 변호사는 절대 되지 않을 거고, 자신도 이젠. 돈을 위해서 변호하는 것보단 사람을 위해서 변호하는 사람이 되었다.

그렇게 되면 돈은 부수적으로 따라오는 거게 될 터다.

"일단은 난 생각 좀 해봐야겠어."

태훈의 고민이 무엇인지 범현도 알았기에 고개를 흔쾌히 끄덕였다.

두 사람은 잠시 서로가 으르렁거리며 죽일 듯이 싸우기는 했지만 풀리자 금세 허울이 없어졌다.

"우리 집에서 씻고 가라."

"씻고 가긴 목욕탕이나 가자."

"오. 그거 좋다."

태훈이 작게 감탄했다. 친구끼리 등도 밀어주고 오래간만에 함께 가는 목욕탕이다.

두 사람의 걸음이 인근의 목욕탕으로 향했다.

때 타올과 칫솔. 샴푸, 면도기 등을 사서 함께 목욕탕으로 들어갔다. 밤 시간에도 사람들은 꽤나 많았다.

두 사람이 옷을 벗자 탄탄한 몸이 드러났다. 사실, 이 목욕탕 자체에 탄탄한 몸을 가진 소유자들이 많았다.

찜질방 겸 목욕탕이었는데, 맨 위층이 헬스클럽이었기 때문이다.

그럼에도 불구하고 두 사람의 군더더기 없는 몸은 확연히 차이를 보이고 있었다.

"나 화장실 좀. 먼저 탕에 들어가 있어."

"그래."

태훈은 고개를 끄덕이고는 락커룸 열쇠를 다리에 차고는 목욕탕으로 들어갔다. 안으로 들어가자 열탕, 이벤트탕, 족욕탕 안마탕 등 다양했다.

그는 일단 깨끗한 물로 샤워를 했다.

머리를 따뜻한 물로 적신 태훈은 눈살을 찌푸렸다.

바로 앞에서 노란색 액체 섞인 물이 배수구로 흘러들어가고 있었다.

찌릿찌릿한 냄새가 코끝을 찔렀다.

태훈의 시선이 절로 옆으로 돌아갔다.

그곳에는 용문신을 온 몸에 휘감고 있는 덩치 큰 남성이 완전범죄를 저지르고 있었다.

물론 태훈도 안 그러는 건 아니었지만 옆에 사람이 있을 땐 자중하는 편이었다.

더불어. 자신의 발에 살짝 묻었다.

"저기요."

"뭐요."

태훈이 눈살을 찌푸리며 부르자 따뜻한 물을 틀어놓고 만끽하던 그가 인상을 썼다.

"아니, 사람이 옆에 있는데 소변을 보시면 어떻게 합니까."

"당신도 싸든가."

"그 말이 아니잖아요."

"그래서 어쩌자고."

남성은 눈살을 찌푸리며 험악한 인상을 더욱 구겼다. 태훈을 얕잡아 보고 있는 것이다. 그와 함께 남성의 등 뒤로 도화지가 없어 몸에 낙서를 해댄 다른 인원들 세 사람이 다가왔다.

"형님, 무슨 일 있습니까?"

"아니 이 형씨가 오줌 좀 쌌다고 존나 뭐라고 하네."

"그래요? 당신 뭐야."

태훈은 기가 막히고 코가 막힐 노릇이었다. 이런 목욕탕 진상들 같으니라고.

"됐습니다."

괜한 시비를 만들고 싶진 않았기에 태훈은 고개를 휙 돌렸다. 그것이 더 불을 붙였는지 한 사람이 태훈의 어깨에 손을 올렸다.

"쌩까냐 이 새끼야. 발가벗고 존나게 쳐 맞…."

"그래 쳐 맞자 쳐 맞아."

그와 함께 화장실을 갔다가 이 모습을 보고 다가온 범현의 거친 목소리가 들렸다.

짝짝짝

그리고 범현은 다짜고짜 태훈의 어깨를 움켜잡은 이의 뒤통수를 후려치기 시작했다.

"당신 뭐…."

"넌 뭔데."

오줌을 흘렸던 이가 범현을 보며 눈을 휘둥그레 떴다. 간댕이가 배 밖으로 튀어나왔나 싶었다.

그런데 얼굴을 마주한 순간, 그는 눈을 크게 떴다.

"이, 이 검사님."

"나 이제 검사 아닌데."

"헤헤, 여긴 어쩐 일이십니까."

순식간에 그는 얌전한 고양이가 되어서 발가 벗은 채로 굽신 거렸다. 다른 이들도 범현을 알아보고는 큰 실수를 저질렀다는 것을 알고는 굽신거렸다.

"때 밀러 왔지. 그럼 내가 여기 노래 부르려고 왔겠니? 그보다 무슨 일이야."

범현이 태훈을 보며 고개를 갸웃했다. 태훈은 헛웃었다. 순식간에 얌전한 고양이가 된 조직 폭력배들. 그리고 범현이 자신에게 묻자, 오줌을 싼 장본인은 어쩔 줄을 몰라하고 있었다.

태훈은 씨익 웃었다.

"범현아. 이 아저씨가 나 씻고 있는데, 옆에서 오줌 싸더라."

"뭐? 안 되겠네. 너 이 새끼. 목욕탕 안에서 오줌 싸는 게 얼마나 큰 범죄인 줄 몰라? 태훈아."

"형법 제 54장 42조. 목욕탕에서 오줌을 쌀 시 5년 이하의 징역 천만원 이하의 벌금이 처해진다."

두 사람의 궁짝이 잘 맞아 떨어졌다. 제 54장 42조에 그런 말은 없었다.

그들은 머리를 긁적이며 '그, 그런 법이 있습니까?' 라고 기어들어갔다.

"오늘만 봐줄 테니까. 다음부턴 그러지 마라. 그리고 나 검사 때려 쳤다."

"그, 그래요?"

그들은 눈을 휘둥그레 떴다. 속으로는 쾌재를 불렀다. 건달들에게는 저승사자와 같은 그가 검사를 때려 쳤다는 것은 너무나도 반가운 이야기였다.

"아 맞다, 야 형님들 씻고 나가면 마실 수 있게 바나나 우유 준비 해 놔."

"저희가 왜…."

"강 검사님. 안 되겠는데요. 애들 연행하죠."

범현은 태훈을 검사라고 사칭했다. 그들은 사색이 되어 고개를 세차게 끄덕였다.

태훈은 헛웃었다.

두 사람이 함께 탕에 몸을 넣었다. '크어-' 하는 신음소리가 절로 흘러나왔다.

"왜 사람을 검사로 만드냐. 넌 이제 때려 쳤다 이거냐."

"쟤들 무식해서 그런 거 모른다."

범현은 실실 거리며 웃었다. 그들은 눈치를 보면서 몸을 씻고 슬며시 다른 탕 속에 들어가 있었다.

태훈은 오늘 무척 기분이 좋았다. 친구인 범현과 틀어졌던 관계도 풀었고 함께 목욕탕도 왔고 재미난 구경도 했기 때문이다.

한참 몸을 불린 후 두 사람이 때를 밀기 위해 앉았다.

때를 빡빡 밀던 범현이 고개를 뒤로 돌렸다.

"니네 벌써 다 씻었어?"

"예."

"LTE네. 30분 만에…."

때까지 미는 것 같았는데 벌써 끝났다는 것에 범현은 혀를 내둘렀다.

두 사람은 열심히 때를 밀었다.

곧 태훈이 자신의 등을 두들기며 때 타올을 건넸다.

말하지 않아도 알겠다는 듯 범현이 때타올을 건네받아 그의 등을 시원하게 밀어주었다.

"이야, 무슨 국수 가락이."

"뻥치지 마라."

"진짜다 이 새끼야."

그는 때 타올을 보여주며 말했다. 확실히 길다랗고 가느다란 면발 같은 것들이 진득했다.

곧 자세가 바뀌었다.

태훈이 범현의 등을 밀어줬다.

"넌 스파게티 면이 나오는데."

"그, 그래?"

범현은 민망한 듯 휙 돌아보더니 다시 앞을 봤다.

"태훈아 근데 큰일났다."

"왜?"

태훈은 고개를 갸웃했다.

"이제 일 끝나고 검사도 때려 치고 하니까 하고 싶은 일이 생겼어."

"뭔데."

범현이 하고 싶은 일이라기에 태훈은 고개를 갸웃했다. 법률 사무소를 차린다는 이야기는 아까 전에 했었다.

"나 연애하고 싶다."

쭈우욱

범현의 등을 밀어주던 손이 미끌어졌다. 범현의 입에서 그런 말이 나올 줄은 몰랐기 때문이다. 그러고 보면 범현은 열 여덟 살부터 지금까지 모태 솔로였다. 지금 그의 나이가 서른 다섯의 막바지이니 이제 곧 있으면 서른 여섯 살 동안 여자 손 한 번 못 잡아보는 놈이 되는 것이다.

저번에 도혜가 물었을 때에 누나 이야기와 바쁜 검사 업무를 말했었던 범현이다.

그렇지만 이제 검사는 그만두게 되었고 누나의 일도 끝냈다.

그는 이제 누나의 일은 거의 털어버린 듯 싶었다. 물론 완전히 턴다는 건 불가능했지만 이제 좀 편해져 보고 싶은 모양이었다.

범현의 마음이 충분히 이해가 된다.

"도혜하고 너 보면 좀 부럽더라."

범현은 머쓱하게 말했다.

태훈은 고개를 끄덕였다.

"근데 너 마음만 먹으면 세상 천지 여자 다 네 여자 아니냐?"

태훈의 퉁명스러운 말에 범현은 눈살을 찌푸렸다.

범현은 못 만난 게 아니라 안 만난 거다.

만난다면 만날 수 있는 여자는 널렸다.

그 정도라면 아름다운 미모의 대기업 자녀도 만날 수 있을 것이었고, 난다 뛴다하는 대학교 출신의 여자들도 만날 것이다.

그는 분명히 남자가 봐도 멋진 녀석이었기 때문이다.

"그렇긴 한데 서른 다섯 살 먹도록 튕기기만 하니까. 이제 와서 돌아보니 이젠 여자가 없더라."

"끄응."

태훈이 얕은 신음을 흘렸다.

그럴 수도 있겠다 싶었다. 30년 넘도록 튕기는 삶만 살았던 범현이다. 이제 완전히 여자들은 포기하고 돌아섰겠지.

"내가 한 번 알아볼까?"

태훈의 말에 범현이 고개를 휙 돌렸다. 내심 기대하고 있었던 것이다.

"그래? 괜찮은 사람 있어?"

"음, 찾아보면 있겠지."

고개를 끄덕이며 태훈은 리스트를 쭉 훑어보았다.

그리고 떠오르는 여자가 딱 두 명 있었다.

한 사람은 한재희였다. 그렇지만 너무 말도 안 되는 것이었다.

그녀는 자신을 좋아했고 태훈은 그녀를 밀어냈는데, 그녀에게 범현이 소개받아! 라고 하는 건 어려운 일이다.

그리고 다른 한 명. 그 사람은 재희의 출판사의 소속사 대표인 이현지였다. 이현지는 이제 마흔이 거의 다 되어가도록 노처녀였다.

그때 연을 쌓은 이후로 가끔씩 연락을 하고 있었다.

그녀는 분명 아름다운 여자였고 능력도 뛰어난 사람이었다. 그녀라면 괜찮을 것 같았다.

"이현지라고 출판사 CEO야. 알아?"

"이현지? 그 사람 작가 아니야?"

"역시 아는구나."

"그럼. 작품들 전부 재밌게 읽었는데, 그 사람을 소개시켜줄 수 있어?"

범현의 눈이 초롱초롱 빛났다. 순간 태훈은 멍해졌다. 불과 몇 시간 전만 해도 범현과 틀어져서 연락도 되지 않아 끙끙 앓고 있었는데, 범현은 눈을 초롱초롱 빛내며 발가벗고 자신의 앞에 앉아있었다.

"한 번 물어볼게."

"그래, 역시 넌 친구다."

"하, 하하하."

그 친구라는 말에 태훈은 어색한 웃음을 흘렸다. 범현은 고개를 갸웃했다.

두 사람이 씻으며 이야기를 나누는데 밖에서 기다리고 있는 건달 사인방은 눈살을 찌푸렸다.

그들의 손엔 바나나 우유 두 개가 들려 있었다.

"저 새끼들은 뭔데. 한 시간이 넘도록 씻냐."

"그러게요…."

그들은 그 후 30분이 더 지난 후에서야 바나나 우유를 건네고 범현과 태훈의 험담을 하면서 집에 돌아갈 수 있었다.

※

　국선 변호사 사무실로 들어오는 안효성의 얼굴은 붉게 달아올라 있었다. 김한기도 다른 변호사들도 입을 꾹 다물었다.
　이번에 효성이 맡은 사건이 무척 난해했기 때문이다.
　"어휴! 제가 진짜 국선 변호사하면서 가끔씩은 혼란이 옵니다. 이런 사람을 변호해야하나 하고!"
　그 말에 태훈은 쓴웃음을 지었다. 이번에 효성이 맡은 의뢰인의 경우는 정말 답이 없었다.
　태훈이 봐도 답이 없는 사람이었다.
　아무리 자신이 의뢰인을 위해 뛴다고는 하지만 그라는 사람은 반성도 없으면서 '형 좀 줄일 수 없나!?' 라고 효성에게 말하고 있다고 한다.
　최소한의 반성을 보여야 그래도 변호사도 할 맛이 날 텐데 말이다.
　효성이 맡은 이는 마흔 다섯의 한 집안의 가장이었다. 문제는 그에게는 열 일곱 살 어린 딸아이가 있었고 아내가 있었다는 거다.
　그리고 그를 신고한 사람은 다름 아닌 열 일곱 살 어린 딸 아이였다.
　그 딸 아이가 열 다섯 살 때부터 지금까지 지속적으로

성폭행을 받아왔다는 사실이었다.

당연히 이 안의 변호사들도 화가 나고 피가 거꾸로 솟는 이야기였다.

그런데 효성은 그런 사람과 얼굴을 맞대며 형을 줄일 수 있는 방법을 찾아야하니 오죽할까.

어쩔 수 없는 변호사의 숙명이었다.

"에잇, 강태훈 변호사. 담배나 한 대 피러 가자."

"네."

두 사람이 함께 나왔다. 효성은 많이 화가 나는 건지 재가 빨리 타들어갔다.

이내 태훈이 반 절 정도 태웠을 때 그는 다 태우고는 하나 다시 물었다.

"적적한데 오늘 저녁에 술이나 한 잔 할래?"

"아, 그러고 싶은데. 죄송합니다. 오늘 밤에 약속이 있어서요."

"약속? 또 여자친구랑? 이거 여자친구 없는 사람 서러워서 살겠나."

효성은 작은 한숨을 쉬었다.

"아뇨. 소개팅 주선하기로 했는데, 여성 분을 직접 만나서 말씀드려야 할 것 같아서."

"소개팅?"

소개팅이라는 말에 효성은 관심을 크게 보였다. 이번에

범현과 이야기 하였던 현지와 두 사람의 소개팅을 준비 중이었다.

아직 현지에게 말을 꺼내진 못했다. 꺼내려고 문자를 보냈는데, 때마침 이현지가 잘 됐다는 듯 식사를 하자고 했다.

이종탁이 출소했다는 말과 함께였다.

태훈은 반가워했다.

이종탁의 변호를 맡았던 지가 5년이 어느덧 훌쩍 되었다.

그 자리에서 슬쩍 소개팅 이야기를 꺼낼 계획이었다.

"예. 저희 범현이 여자 소개 좀 해주려고요."

"그래에?"

안효성의 눈에 작은 빛이 스쳤다.

그는 조심스레 물었다.

"요즘 재희 씨는 잘 안 보인다?"

"그러네요."

당연하게 안효성은 그 날 사무실에서 태훈이 여자가 생겼다고 말한 후 그녀와 서먹해진 걸 말하지 않았다.

"재희 씨 되게 괜찮은 사람 같던데…."

"괜찮죠. 예쁘고 성격도 착하고. 직업도 훌륭하죠."

안효성이 고개를 끄덕였다. 태훈은 몰랐지만 효성은 분명 그날. 재희의 생일 때 보고 첫눈에 반했던 일이 있었다.

"흠, 언제 한 번 나도 자리 좀 주선해봐."

"재희하고요?"

"그래."

"네, 뭐."

물론 싫지는 않았다. 문제는 재희가 자신을 좋아하다 차인 셈인데, 자신의 '남자 소개 받을래?' 하면 '그래.' 라고 말할지가 의문이었다.

되려 더 나쁜 놈으로 몰릴지도 몰랐다.

"언제쯤 해줄래?"

"어. 그게…."

태훈은 난처해졌다. 그는 뭔가 생각난 듯 뛰어올라갔다.

"참, 피고인 만나러 가야는데."

그는 도망치듯 사무실로 들어가 버렸다. 효성이 눈을 음흉하게 뜨고 빛냈다.

"재희 씨. 내 사랑 재희 씨. 기다려요. 금방 만나러 갑니다."

언제 봤다고 내 사랑 재희 씨인지는 모르겠지만 효성은 그녀의 얼굴을 떠올리며 껴안고 뽀뽀를 하는 제스처를 취했다.

"내가 미안하네."

그 모습을 계단을 내려오면서 발견한 김한기가 그의 어깨를 두들겼다.

무척 힘든 사건을 맡겨놨더니 정신이 오락가락 하는 것 같아보였기 때문이다.

"좀 쉬엄쉬엄 일을 시켰어야 하는데, 젊은 나이에 쯔."

한기는 자신을 자책하며 차에 올라 사라졌다. 효성은 고개를 갸웃하고는 다시 사무실로 올라가 태훈을 괴롭히기 시작했다.

※

고급 레스토랑에 도착한 태훈은 주위를 두리번거렸다. 창가 쪽 테이블에서 누군가 손을 들어 올려 보였다.

그 누군가를 보고 태훈은 고개를 갸웃하며 시선을 틀었다.

아름다운 미모의 여성이었는데, 태훈은 전혀 모르는 사람이었다.

아마도 다른 사람을 보고 손을 흔든 거겠지 싶었다.

때마침 화장실을 갔다가 나온 이현지가 말했다.

"오셨어요. 자리에 앉으시지 않고. 종탁이 기다리네요."

"어디요?"

태훈은 의아한 표정을 지었다. 주위에 종탁은 눈을 씻고 봐도 없었다. 현지가 구두를 또각거리며 걸어갔다.

그곳에는 방금 전 손을 흔들고 있던 미모의 여성이 앉아 있었다.

태훈도 그녀를 뒤따라 걸어갔다가 자신을 보면서 작은 미소를 짓고 있는 단아한 여성을 발견하고는 놀란 표정으로 현지와 종탁을 번 갈아보았다.

"종탁이, 아니 이젠 종혜구나. 제 여동생 종혜에요."

"안녕하세요. 변호사님."

"아하하, 오, 오랜만입니다."

태훈은 어색하게 웃었다. 교도소에서 그를 만나 변호를 했었을 당시에는 성전환 수술을 하기 전이었다.

성향만 성소수자인 트렌스젠더였던 것이다. 그렇지만 출소 후의 그는 이젠 여자가 되어 있었다.

봉긋 솟아오른 가슴과 잘록하게 빠진 허리, 짙은 쌍커풀과 솟은 코. 갸름한 턱.

의학의 힘을 많이 빌린 것 같았다.

사실 많이 당혹스러웠다.

그러나 내색은 하지 않으려고 했다.

"많이 놀라셨죠?"

"조금요."

종탁, 아니 종혜도 이해한다는 듯 고개를 끄덕였다. 그녀는 자초지종을 설명했다. 출소를 한지 3년이 되었고 결국 성전환 수술을 했다고 한다.

남자친구까지 있다고 하니 인생의 전환점을 맞이하게 된 것이다.

"마음은 편해요."

"네."

이제는 남자의 얼굴을 하고 여성향을 보이는 것이 아니라 여자가 된 것이었다. 또한 의학의 힘을 빌려 아름다운 얼굴과 몸을 가지게 되었기에 종혜 스스로. 트렌스젠더라는 사실을 밝히지 않으면 과거에 그를 보던 시선은 사라졌을 것이다.

종혜는 과거의 이야기를 많이 꺼냈다.

그는 진심으로 고맙다는 말을 계속해서 태훈에게 했다. 오히려 태훈이 이 자리가 무거워질 정도였다.

"저 화장실 좀. 우리 태민 씨한테 전화 와서요."

휴대폰을 가르키며 수줍게 웃는 모습에 벙찐 표정의 태훈이 고개를 끄덕였다.

"적응 안 되시죠."

"아니요-"

"에이. 저도 적응 안 되는데요. 뭘."

그녀는 다른 사람한테는 몰라도 태훈한테는 살갑게 굴었다. 종혜도 없겠다 이때가 기회다 싶었다.

"현지 씨 혹시 만나는 사람 있나요?"

그의 물음에 오렌지 쥬스를 홀짝인 그녀는 의아한 표정으로 고개를 저었다.

"지금은 없어요."

지금은 없어요. 라고 했지만 꽤 오랜 시간부터 없었을 것이다. 작가라는 타이틀에, 출판사 CEO에 그녀도 눈코

뜰 새 없이 바쁠 것이다.

그리고 지금까지 노처녀인 이유 중에는 그녀의 차갑디 차가운 성격도 한 몫 했을 거다.

"혹시 제 친구 소개 받아보실 생각 있나요."

"소개요?"

소개라는 말에 그녀는 되묻고는 눈살을 찌푸렸다. 오래간만에 밥 한 끼 하자는 말이 이런 뜻이었나 싶었다.

그녀의 얼굴이 딱딱이 굳어졌다.

"제가 제일 싫어하는 짓인데요. 필요할 때만 연락하고 하는 거. 사람의 속이 보여요."

'끄응….'

태훈은 머리를 긁적였다. 자신이 생각해도 그녀가 불편해 할 수도 있었다. 역시 현지는 안 되는 건가 싶다.

"죄송합니다. 제 친구 녀석 중에 이범현이라고 있는데, 연애를 하고 싶다고 해서요. 사실 서른 다섯 살 먹도록 솔로였거든요."

"죄송한 줄 아시면 됐어요. 거기에 서른 다섯 살 먹도록 솔로이면 그만한 이… 이범현이요? 잠깐. 이범현 검사님이요?"

그녀는 태훈이 언급했던 이름을 다시 되물었다. 그는 고개를 끄덕였다.

이범현 검사.

현지도 알고 있는 사람이었다. 아니 사실 소문이 자자했다. 엄연히 이현지도 현재는 상류층에서 사는 사람이었다.

그만큼 그의 지인들 중에서도 상류층의 거물급들도 어느 정도 있었고, 국내에서 난다긴다 하는 사람들도 분명히 있었다.

또한 그런 여자들과 만나면 나누는 이야기는 대게가 '어디 기업 장남이 괜찮더라, 셋째가 괜찮더라.' 하는 이야기 뿐이었다.

즉 노처녀들 끼리는 어떤 남자를 물어갈까를 이야기 하는 것이다.

그중에서 이범현의 이야기도 사실 숱하게 나왔다. 이범현은 검사라는 직책을 가지고 있었다. 검사는 분명히 국내에서 손에 꼽을 정도의 직급이었다.

또한 대기업이나 이름 좀 있는 재벌들은 대게 자신들의 집안에 검사 사위 한명 쯤은 두고 싶어 한다.

그렇게 되면 여러모로 득 볼 일이 많기 때문이다. 비리적으로 말이다.

물론 범현은 비리를 벌이지 않는다. 그러나 분명 범현은 남들이 봐도 감탄이 나올 듯한 깎아 만든 듯한 조각상 같았고 키도 훤칠한 데다 몸도 다부졌다.

거기에 직업도 검사이고 국민들의 시선에는 촉망받는

사람이다. 재벌집 딸 아이들이 눈 여겨 본 적이 많았었고 사실 대시를 했던 사람도 꽤 있었다.

물론 그때마다 범현이 '뭐야? 일도 바빠 죽겠는데. 꺼져!' 라는 식으로 나오고 그에게는 정의밖에 없다는 흠이 존재했기 때문에 결국 하나둘 재벌계의 자녀들이 아쉬운 입맛만 다시며 눈을 돌린 것이다.

너무 정의로운 사람을 남편으로 두고 기업의 사위로 둔다면 도움을 받기는커녕. 비리가 탈탈 털릴 수 있었기 때문이다.

그러나. 현지는 그런 친구들의 '아, 이범현 좀 아깝긴 한데. 어쩔 수 없지-' 하는 말에 내색은 안 했지만 그녀들이 속물이라고 여겼다.

그녀가 봤을 때 이범현은 선한 사람이었다. 그녀들의 기준이 무엇이고, 뭘 원하는지 이현지도 알긴 하지만. 이범현 같은 사람을 얻으려면 그 정도 감수는 해야 하지 않을까?

우리나라에 진짜 정의를 위해 뛰는 검사가. 또한 그런 얼굴에 그런 스펙. 그런 집안을 가진 남자가 몇이나 있겠는가.

때문에 현지도 작은 관심을 가진 적이 있던 남성이었다.

그런데 그 남성이 현재 여자를 급구 한다는 말에는 무척 구미가 당기는 게 사실이다. 자신도 속물인가 싶었지만.

자신의 나이도 나이였다.

그리고 자신은 최소한 재벌계의 다른 여자들처럼 이용해 먹기 위해 만나려는 의도는 없다.

"지금은 검사가 아닌데요."

태훈은 그녀의 반응에 의아한 표정으로 답했다.

"검사가 아니라는 건 뭐에요?"

그녀는 이해하기 힘든 소리였기에 고개를 갸웃했다.

"얼마 전에 사직서 냈거든요."

"아…."

그녀는 고개를 끄덕였다. 그렇다고 해서 '쳇! 놓쳤네.'라는 생각을 하진 않았다. 자신은 그의 '검사'라는 직급에 끌린 것이 아니다.

"한 3개월 정도 백수로 지내다가 사무실 인테리어 끝나면 법률 상담소 차릴 거예요."

"변호사 개업하는 거군요."

그녀는 고개를 끄덕였다. 그는 흘끗흘끗 태훈을 보았다. 방금 전까지만 해도 기겁을 하며 실망한 기색을 보였는데, '갑자기 받고 싶네요.' 하는 게 조금 그런 것이다.

"제 얼굴에 뭐라도…."

"아니요. 아니에요. 그런 거."

"정말 죄송합니다. 그래도 이왕 나온 김에 종혜 씨도 오랜만에 봐서 좋은데, 술이라도 한 잔 할까요."

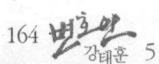

그것을 눈치 채지 못한 태훈은 이야기 주제를 전환하려고 했다. '술? 술로 확 패버릴까?' 라는 표정으로 현지의 얼굴이 굳어졌다.

그녀는 분명히 어마어마한 눈빛 신호를 보내고 있었는데, 그는 알아차리지 못하고 이야기 주제를 전환하려는 것이다.

"그런데 그 이범현이라는 사람은 왜 갑자기 연애가 하고 싶대요."

그리고 그것을 다시 전환하기 위해 현지가 애썼다.

"이제 뭐 나이도 있고, 서른 다섯 살 동안 혼자 살았는데, 연애 하고 싶겠죠. 아, 그 녀석 진짜 진국인 놈인데."

태훈이 혼잣말을 중얼거렸다.

"얼마나 진국인데요?"

"아주 잘 우러난 진국이죠. 잘 생겼죠. 키 크죠. 또 이제 변호사 사무실 개업하면 검사 때보다 더 많은 돈 받을 거고. 성격도 좋죠."

"그럼 제가 한 번 소개를 받아볼까요?"

"그래요, 그럼 현지 씨가 소개를 한 번… 응?"

태훈은 이현지의 말에 고개를 획 돌렸다. 방금까지만 해도 너무하는 것 아니냐는 표정이었던 그녀가 소개를 받겠다고 하는 게 의아했다.

"정말 괜찮아요."

"태훈 씨 성의를 생각해서라도…."

"아니요, 괜찮아요. 저도 생각이 있죠. 저도 좀 그렇다 싶었어요. 오랜만에 연락해서 한다는 말이 소개팅 해달라는 말이라니. 저도 참 눈치가 없죠. 괜히 저한테 미안해서 그러실 필요 없습니다."

태훈은 극구사양(?)했다. 하다하다 정말 이런 눈치 없는 사람은 처음 봤기에 결국 현지의 손이 테이블을 쳤다.

탁!

음료수잔과 테이블이 진동했다. 태훈은 흠칫했다.

"저 소.개.받.을.거.라.고.요. 알.겠.어.요?"

"아하하, 네…."

그녀는 한 글자 한 글자 또박또박 힘을 담아서 말했다. 그제야 이해를 한 태훈이 어색하게 웃자 그녀가 이내 민망한 듯 입을 막고 웃었다.

"오호호호호!"

"아, 아하하."

"오.호.호.호."

"하하!"

"……?"

화장실을 다녀왔다가 이 모습을 보게 된 종혜는 자신이 간 사이에 두 사람이 실성을 했나 싶어 의아한 표정으로 다시 앉았다.

이렇게 범현의 소개팅 상대를 구했다.

❋

범현과 현지를 주선해주고 며칠이 지났다. 두 사람의 만남이 잘 이루어졌는지 확인차 전화를 했다.
"여- 이 백수. 소개팅은 잘 되었는감?"
-야, 만나서 이야기 해줄게. 이따 일 끝나고 우리 집으로 튀어와. 참 컵라면 좀 사와라.
"그래. 알겠다."
태훈도 통화보다는 직접 듣고 싶었다. 업무가 끝나고 컵라면 몇 개를 산 태훈은 범현의 집으로 향했다.
범현의 집은 어머님이 장만해주신 걸로 안다. 태훈의 아파트보다는 작은 오피스텔이었다.
벨을 누르자 범현이 나왔는데, 태훈은 보자마자 절로 혀를 쯧! 찼다.
떡진 머리에 헐렁한 위아래 파란색 색깔 세트의 아디다스 츄리링. 오른 손은 엉덩이로 들어가 긁적이고 있었다.
영낙 없는 백수의 모습이었다.
물론 3개월 뒤면 다시 멋들어지는 변호사님이 되겠지만. 지금 이건 좀 아니지 않나 싶었다.
"꼬라지 하고는."

"쉴 땐 제대로 쉬어야지."

범현은 태훈이 가져온 봉투를 휙 뺏어들었다. 그리고는 컵라면과 삼각 김밥을 꺼내고 라면에 물을 붓고는 소파에 양반 다리로 앉았다.

"야, 말도 마. 내가 진짜 어휴."

"많이 까탈스럽지? 화내든? 아니면 너한테 욕하고 그래? 아니야. 그래도 욕하실 정도로 막 나가는 성격은 아니신데, 좀 차가우셔서 그렇지."

"응?"

차갑다는 말에 범현이 눈을 동그랗게 떴다. 그게 무슨 헛소리냐는 표정이었다.

태훈도 그 눈빛에 고개를 갸웃했다.

이현지는 분명 차가운 여성이었다. 자신이 처음 그녀와 만났을 때 그렇게 느꼈다.

"뭔 소리야. 현지 씨가 차갑다니. 얼마나 마음씨가 따뜻하고 재밌던 분이었는데?"

"뭐?"

이건 뭔 개소리냐, 라는 표정이 된 태훈이다. 자신은 듣도 보도 못한 소리였다. 범현은 상세하게 현지와 있었던 일을 말해줬는데 태훈은 들을수록 놀랐다.

'혀, 현지 씨도 많이 고팠나?'

태훈은 당혹한 기색이 역력했다. 그녀가 대시도 먼저 했

고, 아이잉- 하는 애교까지 부렸다고 한다.

 태훈으로써는 정말 당혹스러울 수 밖에 없는 이야기였다.

 "후-후- 후루릅."

 범현은 컵라면을 야무지게 먹었다. 한 삼일 굶은 사람 같았다.

 "아, 김치 한 점 있으면 딱인데."

 그는 아쉽다는 듯 흘끗 태훈을 보았다. 눈치없이 볶음김치 하나 안 집어왔냐는 표정이다. 태훈은 헛웃었다.

 "그보다 생각은 해 봤냐."

 범현의 물음에 태훈의 얼굴이 굳어졌다. 계속 국선 변호인을 할 것이냐는 물음이었다. 자신도 많이 고민해봤고 어떻게 해야 할 지 생각해보았다.

 자신의 줏대만 생각하지 말고 이번에는 생활여건까지 전부 고려해봤다.

 그리고 답은 나왔다.

 "1년. 1년 정도만 더."

 앞으로 1년 정도를 더 채우고 싶었다. 아직 태훈은 변호사라는 나이로 보았을 때에는 젊은 축에 속했고, 그가 인권 변호사가 되어보고 국선 변호사가 되어본 이유는.

 다양한 방면으로 경험을 쌓아보고 싶어서였다. 최종적으로 자신의 법무법인을 일으켜 성공시키겠다는 목적이 가장 강했던 편이다.

물론 범현의 제안은 자신의 사무실에서 함께 하자라는 것이었다. 자신들은 친한 친구 사이였다.

그 법무법인을 키우는데 있어서 누가 대표이느냐는 별로 중요한 여건이 되지 못했다.

단지, 두 사람 모두 자신들의 힘으로 그 법무법인을 크게 키우는 것이 목표인 것이다.

"1년 정도라면 뭐."

범현은 흔쾌히 고개를 끄덕였다. 이제 1년을 채우고 나면 태훈은 국선 변호사를 그만두게 될 것이다.

그 생각을 하자 가장 먼저 떠오른 것은 안효성 변호사였다.

아마도 태훈이 친구의 법무법인으로 넘어간다는 말을 들으면 그는 적잖이 충격을 받고 태훈에게 뾰로통 심술이 날 것이다.

태훈은 어쩌면 조금은 '거짓말'을 했을 수도 있었다.

효성이 경험을 쌓고 좋은 법무법인으로 넘어가는 게 국선 변호인들의 희망사항이다. 라고 말했을 때 자신은 아니라고 강하게 부인했으니까.

물론 경험을 쌓고 자신이 좋은 법무법인에 들어가는 것이 아니라, 자신이 갈망하던 것을 이루기 위해 넘어간다는 것은 조금 다르기는 했다.

그렇지만 벌써부터 효성이 투덜투덜 거리는 목소리가 태훈의 귓가에 퍼지는 듯 했다.

"현지 씨하고 몇 번 만나면 잘될 것 같다."

면을 전부 먹은 후 뜨뜻한 국물을 식도로 넘기는 범현은 실실 웃었다.

자신이 주선한 두 사람이 잘 맞는 것 같자 태훈은 내심 기분이 좋아졌다.

안효성은 버릇처럼 계속해서 휴대폰의 시계를 확인했다. 어느덧 한 시간이라는 시간이 지났다.

그의 오른손에는 장미 한 송이와 조각 케이크가 담아져 있는 봉투가 들려있었다. 정말이지 안효성은 무대뽀에 무식하고 밀어붙이는 사람이었다.

그가 지금 서 있는 곳은 한재희의 집 인근이었다. 그녀가 집 안에 있는지, 아니면 바깥에 나갔는지 알지도 못하면서 그는 저번에 태훈과 함께 데려다 주었던 그녀의 집을 기억해내고 온 것이다.

그리고 한 시간이 흐른 것이다.

안효성은 한재희를 보자마자 말 그대로 첫 눈에 반했다. 그때에 머릿속에서도 노랫말이 흘러나오지 않았는가.

'별빛이 내린다. 샤라라랄 라라'

효성과 재희의 나이 차이는 자그마치 열 두 살이나 차이가 났다. 효성은 완전히 도둑놈 심보였다.

그렇지만 재희의 술에 취해 울다가 웃는 그녀의 얼굴이 아른거렸다. 사실 태훈은 모르겠지만 효성은 재희가 태훈을 좋아하고 있었고, 태훈이 재희를 뻥 걷어찬 것을 당연히 잘 알고 있었다.

그리고 재희가 썩 좋은 기분이 아닐 것도 알고 있었다. 그렇지만 이렇게 용기를 내어 그녀의 집 앞에서 기다려 보는 것이다.

그리고 때마침 이현지 대표와 식사를 하고 집 인근에 다다른 재희는 입이 뾰로퉁 해져서 조막마한 돌맹이를 발로 뻥 찼다.

이현지 대표님이 조금 변했다.

연애를 하고 있다는 것을 재희는 여자의 촉으로 알아차렸다.

휴대폰을 보면서 실실 거리지를 않나, 광속의 손가락질로 카톡을 보내지를 않나.

그러고 보면 소현이도 연애를 시작했다.

하긴, 자신의 나이를 따져보면 한참 많은 사람을 만나보고 이별하고를 반복해야할 때이긴 했다.

그렇지만 자신은 지금까지 모태솔로.

갑자기 강태훈의 얼굴이 떠올렸다.

'잊자, 완전히 잊자.'

친구 소현한테는 아무렇지 않은 내색했지만 어찌 그러지 않겠는가. 첫사랑이었다. 아무리 첫사랑이 이루어지지 않는다지만 하늘이 무심했다.

고개를 도리도리 저은 그녀는 자신의 집 인근에 서있는 남성을 발견하고는 고개를 갸웃했다.

깔끔한 정장을 차려입은 남성은 연신 자신의 집을 보고 있었다.

그녀는 눈살을 찌푸렸다.

복장을 보아서 범죄자라는 느낌은 들지 않았다.

그렇지만 요즘 세상이 좀처럼 흉흉하니 경계한다. 그녀가 천천히 집 쪽으로 다가가자 남성은 기다렸다는 듯이 접근했다.

그녀가 깜짝 놀라 눈을 질끈 감고 주먹을 앞으로 내밀었다.

"꺅! 치한!"

"응? 재희 씨. 저 치한 아니에요."

그녀는 자신의 이름을 말하자 찔끔 감았던 눈을 천천히 떴다. 미안한 기색으로 서 있는 남성이 있었다.

얼굴이 눈에 익었다.

그녀는 '아-' 했다. 태훈과 같은 사무실의 동료라는 안

효성 변호사였다.

그를 기억했다. 물론 딱 한 번 봤지만 말이다. 괜히 가슴이 답답했다. 태훈과 아는 지인이라는 사실에 말이다.

"안녕하세요."

그녀는 효성의 미안한 기색에 꾸벅 고개를 90도로 인사했다. 그는 자신보다 훨씬! 연장자이니까.

"아, 네."

효성은 어색하게 웃었다.

"그런데 어쩐 일로."

"이거 받으시죠."

효성은 망설이지 않고 그녀에게로 장미꽃 한 송이와 케이크를 건넸다.

"제가 이런 건 잘 모르는데. 드라마에서 보면 대게 여성분들은 장미꽃을 좋아하더라고요. 또 케이크는 여성분이시니까. 좋아하지 않을까 해서. 조각 케이크예요. 고구마."

그는 머쓱하게 웃으며 뒷머리를 긁적거렸다. 재희는 케이크와 꽃을 번걸아 보다가 작게 입이 벌어졌다.

이런 것을 주는 남성의 뜻은 대충 짐작이 간다. 재희는 태훈과 다르게 눈치는 있는 여성이었으니까.

더군다나 한 번 뵈었던 인연인데 이곳까지 찾아와 장미와 케이크를 주는 것을 보면 자신에게 꽤 깊은 마음이 있는 걸 알 수 있었다.

"일 다녀오셨나 봐요."

"네."

"작가님이시라고 아는데, 일은 주로 어디서…?"

"저희 작가들이 지정된 장소에서 일하나요. 카페도 가고 출판사 안에 마련된 작가 작업실도 사용하고, 집에서도 쓰고 해요."

"아, 그러시구나."

효성은 어색한 웃음을 지었다.

"아아, 재희 씨 피곤하실 텐데. 어서 들어가 봐요."

"아, 네. 이거 잘 먹을게요. 꽃도 고마워요."

그녀는 어안이 벙벙했다. 딱히 기쁘지도 않았고, 그렇다고 설레이지도 않았다.

단지, 뭔가를 받았구나 싶었다.

그녀가 집 문 앞에 섰다.

"내일도 오겠습니다. 재희 씨! 하하!"

등 뒤에서 효성이 손을 흔들며 말했다. 고개를 돌린 재희는 신이 난 듯 뛰어가는 효성이 돌부리에 걸려 넘어지는 것을 목격했다.

철푸덕!

그러더니 다시 벌떡 일어나 몇 발자국 뛰어가더니 뒤를 돌아 손을 흔들었다. 나이는 내일 모레 마흔인 것으로 아는데, 하는 짓은 천방지축 청년 같았다.

"풋…."

그녀는 자신도 모르게 웃음을 흘렸다.

그러다 아차 싶었다.

"내가 내일 언제 들어올지 알고…."

그녀는 말했듯, 언제 들어올지 정해놓고 다니지는 않는다. 글이 잘 써져 빨리 썼을 때도 있고, 못 써져 하루 종일 죽치고 글만 쓸 때도 있다.

일단 전화번호도 모르니 그 말을 할 수도 없었다. 이미 효성은 멀리 사라진 뒤였다.

장미꽃과 조각 케이크를 품에 안은 그녀는 집안으로 들어갔다.

※

"ㅎㅎㅎ."

하루 종일 생글벙글한 안효성을 보고 태훈은 고개를 갸웃했다. 지금 시간이 다섯 시였다. 업무가 끝나가는 시간이었다.

어제만 해도 난처한 사건을 맡아 기분이 몹시 안 좋아보였던 효성이 웃고 다니자 국선 변호사 사무실의 이들은 고개를 갸웃했다.

이태영 변호사가 효성을 보다가 다시 태훈과 눈이 마주

치자 옆통수에 검지 손가락을 가져가며 빙글빙글 돌렸다.

'정신 나갔나보다.'

태훈은 작은 실소를 흘렸다.

그는 슬쩍 김한기 변호사를 보았다. 일단은 김한기 변호사에게 1년 정도만 더 하고 그만둘 것을 미리 말해야했다.

불쑥 1년 지나고 '오늘부로 관둡니다!' 하는 건 미친 짓이다.

사실 일을 그만둔다는 게 썩 좋은 일은 아니었기에 그 말을 하는 것조차도 조금 망설여졌다.

6시가 땡 되는 순간이었다.

바람이 불었다.

펄럭

그리고 옆을 돌아본 태훈은 순식간에 사라진 안효성 변호사 때문에 흠칫 놀랐다.

"어디 갔지?"

정말 광속으로 그는 나섰다. 재희의 집 앞으로 그녀를 기다리러 간 거라는 사실을 태훈은 당연히 모른다.

"퇴근들 하지."

한기가 외투를 챙겨 입으며 말하다가 효성이 자리에 없자 눈살을 찌푸렸다.

'하긴, 요즘 맡은 사건이 힘든 사건이니까.'

그는 이번은 넘어가자고 여겼다. 모두들 자리에서 일어나

서류가방에 챙길 것을 챙기고 몸을 일으켰다.

태훈도 일으켰다.

그는 슬쩍 김한기 변호사에게 다가갔다.

"변호사님 드릴 말씀이 있는데요."

"그래?"

한기는 고개를 갸웃하면서 둘이 이야기 하고 싶다는 느낌을 받았다.

"그럼 곱창전골에 소주나 할 텐가. 물론 자네가 사야지. 난 가족이 있는 몸이니까. 하하."

한기는 유머러스하게 웃었다. 태훈이 어색하게 웃었다.

두 사람이 함께 인근의 곱창전골 집으로 향했다.

태훈이 조심스럽게 1년 동안 국선 변호사로써 더 일을 한 후 그만둔다고 말을 하자 한기는 가슴이 싸해졌다.

문수가 예전에 인권 변호사였던 태훈을 국선 변호사로써 넘겨줄 때 어떤 기분이었을지 이해가 되었다.

잡고 싶지만, 잡을 수 없는.

그런 애매모호한 기분이었다.

"그럼 그 이범현이라는 친구하고 같이 법무법인을 시작한다고?"

"네."

또 태훈은 국선 변호사가 마음에 안 들어서도 아니고 그렇다고 국선 변호사보다 좋은 자리를 권하는 법무법인이 있어서 가는 것도 아니었다.

"사람들을 위하는 법무법인을 운영하고 싶어요."

한 번은 돈을 위한 법무법인을 운영해봤다. 그리고 자살까지 가는 극도의 길도 걸어봤다. 이번에는 돈보단 사람을 중요시하는 법무법인을 꿈꾸고 있었다.

내심 기대가 되었다.

한기는 고개를 끄덕였다.

잡고 싶지만 자신의 그릇으로는 담을 수 없는 존재. 문수의 했던 말도 마음도 백번 이해가 되자 한숨이 흘러나왔다.

"그렇다면야. 어쩔 수 없는 거지."

"죄송합니다."

"사실 조금 섭섭하기도 해. 그렇지만 난 자네 덕에 많은 것을 얻었다고 생각해."

한기는 지금의 사무실과 과거의 사무실을 번갈아 떠올려보면 아찔했다.

그때의 사무실로 돌아가 보라고 하면 그러지 못하겠다. 그만큼 사무실의 인원들이 성실해졌다는 의미였다.

물론 앞으로도 계속 이것을 이끌어가는 것이 중요했는데, 그건 한기에게 주어진 숙명이었지 태훈에게 주어진 숙명은 아니었다.

태훈이 이 사무실 내의 분위기만 바꿔준 것만으로도 무척 고마웠다.

"많은 것이요?"

"알잖아, 그게 무엇인지. 난 자네가 이곳에 오는 것을 '신의 한수'라고 불렀어. 그리고 그건 정말 큰 한수가 되었지."

한기는 빙긋 웃으며 태훈의 잔에 소주를 따라줬다. 태훈도 그의 잔을 채워줬다.

탱

두 사람의 잔이 부딪쳤다.

뜨거운 액체가 걸걸한 식도를 타고 넘어가 싸르르 하게 뱃속에서 퍼졌다.

"그리고 아직 1년이나 남았지 않나. 그 1년 동안 자네의 뽕을 제대로 빼먹을 생각이야."

"하하, 이거 무서운데요."

"집에 들어갈 생각 하지 말게."

물론 한기의 말이 농담인 것을 알기에 태훈의 얼굴로 웃음이 지워지지 않았다. 그래도 이렇게 긍정적으로 자신이 법무법인으로 넘어가는 것을 받아주어서 무척 고마웠다.

"뭐든 열심히만 하면 사람은 성공하게 되어있네. 한 번 열심히 자네의 뜻을 펼쳐보게."

"넵."

다시 서로의 잔에 술이 채워지고 들이켰다.

두 사람의 눈에는 서로에 대한 끈끈함이 있었다.

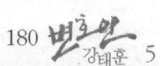

NEO MODERN FANTASY & ADVENTURE

5. 모난 어른들

모난 어른들

재희는 현관문 앞에서 누군가를 기다리고 있었다. 시계를 흘끗 쳐다보았다. 오늘은 오지 않나?

얼마 지나지 않아서였다. 차를 인근에 받치고 헐레벌떡 이곳으로 뛰어오는 안효성 변호사가 보였다.

그는 헥헥 거리며 뛰어오더니 여느 때와 다를 바 없이 장미 꽃 한송이를 건넸다.

"허억허억, 혹시 저 기다린 거예요?"

효성은 일이 끝나고 항상 여섯 시 반부터 와서 그녀를 기다렸지만 오늘은 업무 때문에 평소보다 한 시간이나 늦었다.

그 때문에 헐레벌떡 뛰어온 것이다.

벌써 안효성이 재희의 집 앞에 오기 시작한 지 한 달이었다.

한 달 동안 그는 하루도 빠짐없이 매일 같은 시각에, 장미 꽃 한송이를 들고 여김 없이 그녀의 집 앞에 왔다.

그녀가 밤 늦게 들어올 때에도, 일찍 들어올 때에도 안 나가고 집에 있었을 때에도 그는 항상 현관문 앞에 있었다.

그런 그가 오늘은 오지 않자 걱정되는 마음에 재희는 자신도 모르게 나와 있었던 것이다.

재희는 작게 웃으며 고개를 끄덕였다.

효성의 얼굴에 웃음이 송글송글 맺혔다. 그는 멋쩍은 듯 뒷머리를 긁적거렸다.

저랑 내일 식사하실래요? 라는 말이 목구멍 끝까지 차올랐지만 그는 쉽사리 그것을 내뱉지 못했다.

그는 과격한 다혈질적인 성격이었지만 여자 앞에서는 누구보다 숙맥인 성격이었다.

"내일 또 올게요."

효성은 빙긋 웃으며 몸을 돌렸다. 재희는 그를 보며 손을 뻗었다.

웬지 미안하기도 했다. 한 달이라는 시간동안 그는 매일같이 집 앞에 찾아왔다.

그리고 자신은 차 한 잔 대접한 적이 없었지.

물론 효성이 자신을 좋아해서 그러는 것이기에 그가 감

당해야할 것이라고 그는 생각할지도 몰랐다.

그런데 한 달 간 지켜보자 재희는 자신도 모르게 그에게 작은 마음이 생긴 것 같았다.

"저기요."

효성은 자신을 부르는 목소리에 고개를 돌렸다.

"주말에 뭐하세요?"

"주말예요? 집에 있겠죠?"

그는 의아한 듯 고개를 갸웃했다. 재희가 시선은 바닥에 둔 채 머뭇거리며 민망한 목소리로 말했다.

"저 보고 싶은 영화가 있는데, 주말에 보여주시면 안 돼요?"

그 말을 듣는 순간 만개 같은 웃음이 효성의 얼굴로 맺혔다.

"아이, 그럼요! 그럼요! 영화 한 편이고 두 편이고 봐야죠!"

"그럼 휴대폰 번호 좀…."

슈웅!

효성은 바람처럼 날아와 순식간에 재희의 앞에 섰다. 재희가 깜짝 놀랄 만큼 빠른 속도였다.

효성이 그녀에게 자신의 번호를 찍어주었다.

"연락할게요."

"넵."

효성은 입을 꽉 물고는 답했다. 웃음을 참기 위해서였다. 재희가 집 안으로 들어갔다.

효성이 자신의 차로 뛰어가기 시작했다.

빼꼼 재희의 얼굴이 현관문에서 나왔다.

"아싸라비요!"

기쁨에 찬 효성의 목소리가 늦은 밤 밝게 흐르는 별빛과 함께 퍼졌다.

※

탁

"윽!"

태훈의 머리 위로 삶은 계란이 내려쳐졌다. 쩌적 균열이 생긴 삶은 계란을 도혜는 야무지게 까서 한입 베어 물었다.

태훈도 삶은 계란 하나를 집어 들어 그녀의 머리를 내려치려 했다.

"와, 어떻게 여자친구한테 흉기를 휘두르려고 하냐."

"휴, 흉기?"

"그게 흉기 아니면 뭐야?"

"하, 하하. 그래. 흉기 맞지."

태훈은 계란을 들고 있던 손으로 자신의 머리를 타악 내리쳤다. 여자친구인 도혜가 흉기라면 흉기다.

두 사람은 양머리 수건을 쓰고는 찜질복을 입고 있었다.

찜질방에 왔다. 땀 한 번 진득하게 빼고 나서 매점 앞에 앉아 식혜와 계란을 까먹으며 수다를 떨고 있었다.

여느 커플들과 다를 바 없는 모습이었다.

오늘 이곳에서 자고 내일 아침 곧바로 출근할 예정이었다.

"그래서 범현이는 결국 현지 씨하고 사귀는 거야?"

"그렇다나봐. 이제 범현이 큰일 났지. 현지 씨 한 성깔 할 텐데. 잡혀 살 거야."

"호호호! 천하의 이범현이 여자에게 잡혀 살다니. 좋구나."

도혜는 재밌다는 듯이 웃었다. 태훈이 슬쩍 눈치를 살폈다. 천하의 강태훈도 여자에게 잡혀 산다.

괜히 헛웃음이 나왔다.

"왜 그런 눈으로 봐?"

"아냐."

그는 싸움으로 불거질까 대답을 회피했다. 간식을 먹은 후 곧장 잠을 자기 위해 적당한 자리를 찾았다.

매트를 깐 후에 베개를 머리맡에 대고 두 사람이 나란히 누웠다.

어느덧 찜질방의 불은 소등되었고, 이야기를 나누던 두

사람이 스르르 잠에 빠져들었다.

찜질방에 켜져 있던 유일한 등이 소등되었다. 깜깜한 그곳에서 코고는 소리만 유독 크게 퍼지고 있었다.

스르륵

한쪽에 자리를 잡고 자는 듯 싶었던 남녀가 몸을 일으켰다.

"쉿. 조용히."

그들은 도둑고양이처럼 앞발을 세우고는 주위를 돌아다녔다. 곧 남자는 코고는 중년 남성 앞에 다가왔다.

그는 주위를 두리번거리며 손을 더듬거렸다. 곧 그가 원하는 묵직한 무언가가 손에 잡혔다.

그는 빙긋 웃고는 그것을 챙겼다.

그건 다름 아닌 스마트폰이었다.

여성도 마찬가지였다. 여성 수면실 같은 어두운 곳을 돌아다니며 챙길 것을 챙겼다.

곧 여자는 태훈과 도혜가 있는 곳으로 왔다. 손을 더듬거린 그녀의 얼굴에 미소가 걸렸다.

간혹 찜질방에서 스마트폰뿐만이 아니라, 락커룸 키도 스마트폰 옆에 놓은 채 잠을 자는 사람들이 있었다.

태훈이 딱 그러한 경우였다.

여성은 스마트폰과 키를 챙기고는 몸을 일으켰다.

두 사람이 흡연실로 나왔다.

아직 앳되어 보이는 10대 아이들이었다.

"몇 개나 챙겼어?"

"하나."

"난 두 개. 그리고 이것도."

여자아이는 호기롭게 웃으며 파란색의 락커룸 키를 흔들더니 그것을 남자아이에게 건넸다.

오늘은 실적이 좋았다. 스마트폰 세 개에. 락커룸 키라니. 더불어 이중 두 개의 폰은 최신 스마트폰이었다.

업자에게 판매해도 20만원은 받을 수 있을 것이었다.

"바로 나와. 또 저번처럼 화장하다 늦으면 안 된다."

"응."

남자아이가 걱정 어린 말을 하자 여자아이는 손을 흔들며 탈의실로 들어갔다.

남자 아이도 탈의실로 들어왔다. 새벽 3시. 카운터를 보는 주인은 탕 안에서 청소를 하고 있었다.

그 틈을 이용해 남자아이는 미소를 짓고는 '154' 번 락커룸을 찾아가 열었다.

"얼마나 있으려나."

그는 내심 기대가 된다는 듯 서둘러 더듬거렸다. 지갑을 꺼내고 돈을 확인했다. 10만원 남짓이 들어있었다. 흡족한 그는 지갑을 품에 집어놓고는 자신의 락커룸으로 걸음을 옮기다 멈춰 섰다.

앞에 태훈이 하품을 쩌억 하며 엉덩이를 긁적거리며 아이를 쳐다보고 있었다.

"넌 뭐냐."

태훈을 깨운 것은 도혜였다. 역시 검사의 촉이란 남달랐다. 낌새를 느낀 그녀가 태훈을 깨워 남탕으로 보냈고 도혜는 여탕으로 가서 지금쯤 여자아이를 잡았을 것이다.

"그게요… 에잇!"

잔뜩 겁을 먹은 것처럼 연기를 하던 남자아이는 그대로 태훈을 밀치려 했다. 몸을 휙 틀어 피해낸 태훈이 뒷덜미를 잡아채고는 가슴을 누르며 바닥에 눕혔다. 그리고는 아이가 손에 들고 있던 자신의 스마트폰과 지갑을 빼앗았다.

"윽!"

태훈은 양머리 수건을 촤악 펼쳐 아이의 다리를 묶었다.

그리고 타올을 세 개를 가져와 팔을 등 뒤로 하게 한 후 단단히 구속시켰다.

"뭐예요?"

탕 안을 청소하던 이가 소란에 밖으로 나와 눈을 휘둥그레 뜨며 놀랐다. 수건과 타올에 구속된 아이가 욕을 내지르며 바닥을 구르고 있었기 때문이다.

"절도범입니다."

태훈은 자초지종을 설명했다. 말하면서 흘끗 소년을 보았다.

끽해야 열 아홉 정도 되어 보이는 남자아이였다.

"저희가 알아서 하겠습니다."

태훈은 빙긋 웃었다.

여자친구인 도혜가 검사였다. 그녀의 관할 지역이 아니긴 하지만 아마도 이미 경찰들을 불렀을 것이다.

옷을 전부 챙겨 입은 태훈은 남자아이의 다리를 묶고 있는 수건을 풀어준 후 끌고 밖으로 나왔다.

역시 도혜도 여자아이를 데리고 나왔다.

"언니는 뭔데, 이러는 거냐고요."

여자아이는 앙칼지게 도혜에게 외쳤다. 카운터의 여성은 갑작스러운 상황에 놀란 눈을 떴다.

"나? 대한민국 검사."

"거, 검사요?"

여자아이가 깜짝 놀라 그녀를 흘어보았다. 검사라고 하기에는 도혜는 너무나도 아름다운 얼굴이었다.

"그리고 난 대한민국 검사의 남자친구."

'뭐야, 이 미친놈은….'

태훈이 자랑스럽다는 듯이 말하자 남자아이는 미간을 찌푸렸다.

두 사람을 데리고 밖으로 나왔다. 얼마 지나지 않아서였다.

순찰차가 도착했다.

경찰들이 차에서 내리며 경례를 취했다.

'진짜 검사였어?'

어린 여자아이는 다소 놀란 표정으로 도혜를 보았다.

"스마트폰 절도라고요?"

"네. 아마도 상습범 같네요."

"그런 것 같습니다. 요즘 저희 쪽 지역 인근에서 스마트폰 절도가 자주 발생하고 있거든요. 일단 조회를 해봐야 알 것 같습니다."

"알겠습니다."

"그보다 검사님은…."

"데이트 중이었죠."

"아."

경찰은 빙긋 웃었다. 슬쩍 태훈을 보았다. 그가 작게 목례를 취했다. 경찰은 태훈을 부러움 가득한 시선으로 보았다.

그의 관할 구역을 담당하는 검사는 아니었지만 도혜는 경찰들 사이에서도 미모의 여인으로 손꼽혔다. 물론 성격이 지랄 같다는 이야기도 많이 나왔다.

그런 도혜의 남자친구가 어떤 사람일까 싶었는데, 확실히 남자친구도 키도 크고 얼굴도 잘 생겼다.

경찰 한 사람이 뒷좌석 문을 열었다. 경찰차에 반항하는 남자아이를 구겨 넣고 여자아이도 넣으려고 했다.

"자, 잠깐만요. 어, 언니 검사 언니!"

그녀가 경찰의 손을 뿌리치더니 도혜의 앞으로 다가와 팔을 잡았다.

"저 이따가 가면 안 돼요? 잠깐 어디 좀 갔다 오고요!"

"무슨 말 같지도 않은 소리니?"

도혜는 콧방귀를 끼며 양 팔짱을 꼈다. 남자 아이도 애처로운 눈빛으로 도혜를 보고 있었다.

"저희 아기. 아기 혼자 모텔에 있단 말이에요!"

"응?"

여자아이의 애처로운 외침에 태훈과 도혜가 서로를 돌아보았다. 두 사람은 아기라는 말에 깜짝 놀랐다.

도혜는 경찰에게 눈짓을 줬다. 여자아이의 표정을 보아 거짓말을 하는 것 같지는 않았다.

경찰이 일단 남자아이만 태운 채 뒷좌석 문을 닫았다.

도혜의 표정은 다소 심각했다. 이제 끽해야 남자 아이는 열 아홉, 여자 아이는 열 여덟 정도 되어 보였다.

"일단 남자아이는 데려가서 조사 해주시고요. 여자아이는 제가 이따가 데리고 가도록 하겠습니다."

"네, 알겠습니다."

검사인 도혜의 말이었기에 경찰들은 순순히 따랐다. 태훈의 차량에 도혜와 여자아이가 함께 뒷좌석에 타고 태훈이 운전석에 탔다.

"어디로 가면 되?"

"하나바 모텔이요."

태훈은 여자아이의 안내대로 모텔로 향했다.

모텔로 도착해 방 호실대로 올라갔다.

204호 방 안으로 들어간 도혜의 얼굴이 굳어졌다.

혹시 도주를 위해 시간을 끌려는 것이 아니었을까하는 생각을 했었다. 방에는 이제 겨우 두 살 정도 되어 보이는 어린 아기가 새근새근 잠에 들었다가 깬 듯 보였다.

어린 아기는 낯선 사람을 보자 울음을 터뜨렸다.

여자아이는 그런 아기를 안아들고 능숙하게 어르고 달랬다.

"아니야, 나쁜 사람들. 괜찮아. 괜찮아. 엄마 여기 왔잖아."

아기를 껴안고 흔들흔들 거리면서 진정시키기 위해 노력하는 여자아이의 모습에 태훈과 도혜는 말문이 막힐 수밖에 없었다.

아기의 울음이 진정이 되고 도혜는 여자아이를 쏘아보았다.

"네 아이니?"

"…네."

"아이를 모텔 방에 혼자 둬? 네가 미쳤구나. 정신이 있는 거니, 없는 거니? 참. 너 같은 애는 처음 본다."

도혜의 화가 머리 끝까지 난 듯 싶었다. 여자아이가 입술을 질끈 깨물었다. 닭똥 같은 눈물이 뚝뚝 떨어졌다.
"그럼 어떻게! 애 굶겨 죽여!?"
"뭐?"
그녀는 알지도 못하면서 함부로 말하지 말라는 표정이었다.
독기 품은 그녀가 실소를 흘렸다.
"어른들은 결국 다 똑같아. 결국 도와주는 사람은 아무도 없더라."
그리고 아이는 결국 울음을 터뜨리며 주저앉고 말았다.
"응에에에!"
아기도 힘차게 울음을 토해냈다. 여자아이는 울면서도 아이가 울지 않게 달래주기 위해 애썼다.
그 모습에 태훈과 도혜는 할 말을 잃었다.

※

태훈의 차량이 경찰서로 향하고 있었다. 여자아이의 이름은 이혜원. 남자 아이의 이름은 유건우였다.
태훈은 룸미러로 흘끗 뒤를 보았다. 혜원은 딸 아이를 품에 안고 있었고 아기는 잠에 빠져있었다.
경찰서로 향하던 중 혜원이 슬금슬금 도혜의 눈치를 봤다.

"저 언니."

"응?"

도혜가 의아한 표정으로 고개를 돌렸다.

"죄송한데 분유 한 통만 사주시면 안 돼요?"

"하…?"

도혜의 입으로 절로 헛바람이 나왔다. 뻔뻔하구나 뻔뻔해! 그 말이 목구멍 끝까지 차올랐다. 그렇지만 품에서 자고 있는 어린 아이를 보자 차마 그 말은 내뱉지 못했다.

태훈의 차가 자연스럽게 편의점 앞에 멈춰섰다.

도혜가 째려봤다.

"흠."

태훈은 헛기침을 하며 딴청을 피웠다. 그렇지만 도혜도 내심 속마음은 그러지 않을 것임을 알기에 멈춘 것이다.

세 사람이 함께 차에서 내렸다.

"사."

"감사합니다."

혜원이는 그 말이 끝나자마자 바구니를 휙 들더니 분유를 두 통 샀다. 한 통도 아닌 두통을 사자 그녀가 눈을 크게 떴다.

거기서 끝이 아니었다. 기저귀까지 샀다. 편의점은 일반 마트와 달리, 기저귀, 분유 값이 훨씬 더 비싼 편이었다.

그녀는 혀를 내밀며 그것을 계산대 위에 냈다.

"너…"

"우루루, 내 새끼 검사 언니가 기저귀랑 분유 사주니까 기분 좋아요?"

"꺄아아."

도혜가 뭐라 말하려는 순간 그녀는 능청스럽게 품에 안은 어린 딸 아이를 흔들며 말했다. 그러자 아기는 배시시 웃으며 몸을 꼬았다.

모녀지간에 쿵짝이 잘 맞는구나.

한숨을 쉰 그녀가 카드를 꺼내려는데 뒤에서 태훈의 손이 불쑥 나타났다. 카드가 들려있었다.

도혜가 손을 찰싹 쳐냈다.

"됐어."

그녀가 지갑을 꺼내 카드로 계산했다. 분유 두 통에 기저귀까지 묵직하게 산 혜원은 군소리 없이 태훈의 차량에 올랐다.

차는 경찰서로 향했다.

경찰서에 오자 남자아이는 이미 조사가 끝난 상황이었고, 경찰이 시켜준 해장국을 허겁지겁 먹고 있었다.

조사를 한 경찰이 다가왔다.

"보호관찰 중이더군요. 그런 상황에서 또 절도죄를 지었으니 안 좋으면 9호 처분을 받을지도 모르겠습니다."

보호관찰은 소년보호재판에 의해서 내려지는 처분이었

다. 아직 보호관찰이 끝나지 않은 시점에서 또 같은 범죄를 저질러졌다는 것은 9호로 넘어갈 가능성이 높았다.

대게 소년보호재판의 경우 형량이 낮은 편인데, 9호의 처분이 내리진다면 소년원에서 6개월 간 있어야 하는 것이다.

"검사님 식사 시켜드릴까요?"

어느덧 시간은 여섯시가 되어있었다.

"네."

일이 이렇게 된 거 잠시 지켜보다가 이곳에서 곧장 출근해야할 것 같았다. 찜질방에서 달콤한 데이트 좀 해보나 했더니 이렇게 망쳤다.

"저도 한 그릇."

조사를 받던 혜원이 말하자 경찰이 어이없어했다.

조사가 끝이 나고 도혜와 태훈, 혜원이 해장국을 먹었다. 혜원은 며칠 굶은 것처럼 허겁지겁 떠먹고 있었다.

도혜는 무심한 척 하면서도 반찬을 슬쩍 그녀의 앞으로 옮겨주고 있었다.

태훈과 도혜는 그녀보다 먼저 숟가락을 놓았다.

"제가 이 뼈다귀 먹어도 돼요?"

"여자애가 여자애 다워야지."

"헤…."

순박하게 웃는 아이를 보며 혀를 쯧 찬 도혜가 몸을 일으켰다. 도혜의 해장국의 뼈다귀는 손도 대지 않아져있었다.

그녀가 일부러 남긴 것이다.

두 사람은 출근 때문에 돌아가야 해서 밖으로 나섰다.

경찰 한 사람이 자연스레 뒤따라 나왔다.

"아무쪼록 검사님 덕분에 골칫거리 하나 잡았습니다."

"어떻게 될 것 같아요?"

그녀의 물음은 앞으로의 진행상황에 대해서 묻는 것이었다.

"여자아이의 경우 다행이도 초범입니다. 깨끗해요. 아마 기소유예가 나오거나 보호재판으로 넘어간다고 해도 1호나 3호 처분 정도로 끝나지 않을까 합니다."

그나마 다행인 소리였다. 만약 여자아이도 보호관찰 중에 범죄를 저질렀다면 꽤나 복잡한 사건으로 이어질 뻔했다.

"애기는 자기들 애기래요?"

"정확하게 말을 안 해주네요. 좀 더 조사를 해봐야 알지 않을까 싶습니다."

경찰은 어색하게 웃음을 흘렸다. 경찰서에 있다는 것은 사실 검사보다도 숱한 사람들을 만나봤다는 이야기였다.

사실적으로 범죄자와 마주하는 이들은 검사보다는 경찰들이었으니까.

"아주 가끔 저런 아이들이 있어요. 가출을 해서 부모님이 없다고 잡아 떼거나, 고아원 출신이여서 그 사실을 말하지 않거나. 물론 이 역시 조사해봐야지요."

"네."

"말했지만 여자아이는 기소 안 가고 끝날 수 있는데, 남자아이는 아니에요. 스마트폰도 이제까지 절도한 것도 업자한테 다 팔았다고 하니… 처벌받지 않을까 합니다."

"알겠습니다. 김 검사님이랑 형사님께서 잘 해주시겠죠, 뭐."

도혜는 빙긋 웃었다. 더 이상 이야기를 자신이 들을 필요가 뭐 있냐는 것이다.

그들의 사연이 안타깝든 뭐든, 자신의 직권에서 벗어난 일이었다.

이곳에는 담당 경찰이 있고 검사가 있으니까.

태훈도 고개를 끄덕였다.

그렇게 생각하면서도 차로 가면서 도혜는 흘끗 경찰서를 돌아보았다.

"걱정 돼?"

"뭐가 걱정 돼. 절도는 해서는 안 되는 짓이야. 싹수가 노래가지고 어린 것들이. 애기가 걱정 되는 거지. 애가 무슨 죄야."

태훈은 씁쓸한 웃음을 지었다. 태훈도 내심 애기가 걱정

이 되었다.

그렇지만 역시나 자신들이 관여할 일은 아니었다.

두 사람은 굳게 마음을 굳히고 차에 올랐다.

※

참 인연이라는 게 그렇다. 어떻게 이 어린 남녀가 이곳 사무실로 왔을까. 운명이라는 것을 태훈은 의심한다.

그의 앞에는 얼마 전 자신들이 체포해서 경찰서에 데려갔었던 이혜원과 유건우가 나란히 앉아있었다.

역시나 이혜원의 등 뒤에는 그들의 딸이 새근새근 잠을 자고 있었다.

"끄응."

태훈은 피곤한지 머리를 짚었다.

"도와주세요."

두 사람이 입을 모아 말했다. 아마도 경찰들이 태훈을 소개해준 것 같았다. 물론 태훈도 싫지는 않았다.

아이들의 일이었고 자신도 안타깝다고 생각했기 때문이다. 세세한 정황은 일단 알지 못하지만, 두 아이는 일단 '절도범'이었다.

스마트폰을 훔쳐서 그것을 업자에게 팔아넘겨 이득을 챙기는 악질적인 수법을 가진 아이들이라는 것이다.

다행인 점이라면 미성년자인 것을 감안하여서 불구속 수사가 진행된다는 것이다.

"그래, 도와줘야지. 암."

자신의 휴대폰과 락커룸 키를 훔친 아이들을 도와준다는 것. 운명은 알다가도 모를 일이었다.

"그보다 너희 절도는 왜 한 거야?"

사실 그때도 그랬고, 이번에도 보면서 드는 생각이었다. 이 아이들. 그렇게 나쁜 아이들 같지는 않다는 생각이 들었다.

물론 요즘 아이들 거짓말을 밥 먹듯이 하는 아이들이 많았다.

그렇지만 태훈은 분명 두 아이에게서 책임감을 보았다.

두 사람 나이 정도에 애를 낳는 미성년자들이 분명 있었다. 아니, 많았다.

그것은 요즘 부쩍 증가하는 추세였다.

아직 미성년자의 몸으로 아이를 낳으면 상당히 어려운 일을 겪게 된다.

가장 큰 난관이 바로 신분과 경제적. 또 가족들의 반대이다. 그 때문에 부모들은 이 사실을 알면 대게 불법 낙태라도 진행시키기 위해 노력하기 마련이었다.

"일단은 살아야하니까요."

태훈의 물음에 혜원이가 당연한 걸 묻는다는 듯 답했다.

그는 고개를 끄덕였다. 대충 예상하고 있었다.

"부모님은."

저번에 경찰서에서는 부모님에 대해서는 아직 두 사람이 입을 열지 않는다고 말했었다. 어쩌면 지금은 이미 경찰에 사실을 털어놨을 수도 있다.

"부모님은 없어요."

"그래?"

태훈에게로 안타까운 기색이 스쳤다. 그것은 무척 찰나였다. 애들 앞에서 그런 눈빛 보이는 것이 얼마나 추태인지 잘 알았기 때문이다.

"저희 둘 다 같은 고아원 출신이에요."

"그랬구나."

태훈은 고개를 끄덕거렸다. 머릿속으로 한 번 이야기를 풀어보았다.

같은 고아원 출신. 아마도 고아원에서는 아이를 밴 혜원이 상당히 난처한 골칫거리가 되었을 것이다.

그 때문에 고아원 측에서 불법적으로라도 애를 지우기 위해 알아봤겠지. 다른 방법으로는 입양을 권유했을 수도 있다.

그렇지만 아이는 지금 낳아져 있었다.

즉, 두 사람은 미성년자였지만 책임감은 깊고 곧다는 것이다.

나이 서른, 마흔 살 먹고 아이들을 버리는 이들이 태반이었다. 학대하는 이들도 있었다. 그런 사람들도 있는 반면, '미성년자'라는 이름을 가지고 자신들이 낳은 아이는 자신들이 맡기 위해서 두 사람은 고아원에서 도망친 것으로 보인다.

그리고 정처 없이 하루 이틀 떠돌다. 남자아이가 절도를 하기 시작했겠지.

그리고 요즘 스마트폰의 가격이 상당한 편이었다. 절도는 쉬웠다.

스마트폰 절도. 누구나 쉽게 할 수 있는 것이다. 또한, 우리나라에서 스마트폰 절도범 중 가장 높은 비율을 가지고 있는 것은 바로 10대들이었다.

스마트폰은 그만큼 절도가 쉬웠고 돈을 마련하기 편했으니까.

"잘못하면 징역 받을 거 알지? 어쩌면 너 소년원 들어갈 수도 있어."

아무리 책임감이 곧다고는 하나 분명 절도는 절도였다. 태훈의 말에 남자아이는 흠칫 몸을 떨었다.

"너희가 얼마나 힘들었을지는 내가 이해를 하겠어."

태훈은 손으로 자신의 가슴을 짚었다.

"그렇지만 부끄러운 줄 알아야지. 너희 애기 분유 값, 기저귀 값, 너희들 생활비 밥값, 분명 너희한테는 벅찬 돈이 맞아."

태훈은 어른으로써 또 다르게는 변호사로써 인생 선배로써 진심으로 하는 말이었다. 두 사람이 무척 안타까웠다.

"그렇지만!"

태훈은 손으로 탁! 하고 책상을 쳤다.

"정당하게 일을 해서 돈을 벌어야지. 밖에 나가봐. 너희 나이 또래 애들도 아르바이트를 하고 신문배달을 하는 세상이야. 응? 나중에 너희 아이가 커서 너희들 이런 모습을 보면 너희가 얼마나 부끄…."

"씨이…."

태훈의 잔소리에 혜원의 눈에 닭똥 같은 이슬이 그렁그렁 맺혔다. 유건우도 그 말을 묵묵히 듣다가 고개를 푹 숙였다.

혜원이 앙칼지게 태훈을 쏘아보았다. 그가 절로 헛기침을 했다.

"알지도 못하면서 그런 식으로 말하지 마요. 봐봐, 건우야. 어른들은 똑같아. 결국 앞뒤 다 안 따지고 자기들 생각이 맞는 줄 안다니까?"

"말이 좀 심하구나."

태훈은 눈살을 찌푸렸다.

"우리가 얼마나 힘들었는 줄 알아요?"

"혜원아."

건우가 흥분한 그녀의 팔을 잡았다.

"세상에! 어른들은 다 그렇고 그런 사람들이에요. 저희요. 이제까지 일하면서 정당하게 돈 받은 적이 없어요. 그 반절이라도 줬으면 다행이었지. 어리다고 무시하고. 부모 없다고 무시당하고. 신분이 확실하지 않다고 무시당하고. 집 주소 없다고 무시당하고! 나랑 한 번 잘래!? 돈 줄게! 제가 그런 말을 몇 번이나 들었는지 알아요!!"

사무실에 이제까지 당했던 서러움이 맺힌 혜원의 목소리가 울려 퍼졌다. 사무실 내의 인원들이 모두 멈춰 그녀를 보았다.

어린 소녀의 그 울분에 아기는 울기 시작했다.

"응애애! 응애애!"

태훈은 말문이 막혔다.

그는 머리를 흐트러뜨렸다. 변호사로써 이번에는 자신이 너무 성급하지 않았나 싶었다.

자신도 안타까웠기에 목소리가 높아졌던 것이었다. 아이들의 과거, 현재, 미래까지 그 이야기를 들었어야 하는 건데.

그리고 마치 그 정적을 깨듯.

우렁찬 소리가 혜원의 배에서 퍼졌다.

꼬르르륵!

"이씽…!"

자신은 화가 나 죽겠는데, 배는 배가 고파 죽겠다고 소리를 질러대니, 그녀는 민망해진 듯 얼굴이 붉어지며 자신의 배를 손으로 때렸다.

"일단 밥 먹으면서 이야기 좀 더 하자."

태훈은 몸을 일으켰다.

※

콩나물 국밥 집으로 왔다. 방금 전까지 소리를 빽빽 질러대던 혜원은 개눈 감추듯이 빠르게 국밥을 비우고 있었다.

어린애는 어린애구나 싶었다.

씁쓸한 미소가 태훈의 얼굴로 걸쳐졌다.

숟가락을 쥔 손에 절로 힘이 들어갔다.

혜원의 외침에서 그는 똑똑히 그녀와 유건우가 이제까지 겪었던 수치들을 머리에 집어넣었다.

같은 어른으로써 건우와 혜원에게 부끄러워지는 태훈이었다.

이렇게 지나가서는 안 되지 않을까 했다.

"혜원아, 네가 아까 말했었던 일했다던 곳이 어디인지 알 수 있을까?"

태훈의 물음에 그녀와 건우가 의아한 표정으로 그를 보

았다.

"돈 안 받을 거야?"

"받을 수 있을까요…."

혜원과 건우의 시선이 허공에서 얽혔다. 그들 중 어떤 이는 악질적인 사람이었다. 물론 겉으로는 평범한 가장처럼 보였지만 자신들이 본 그는 분명 악질적인 사장이었다.

임금도 반절도 채 받지 못하고 쫓겨났었으니 말 다 한 것이다.

그 뿐만이 아니었다. 덩치도 험악하게 컸고 팔 한 쪽에는 용문신이 있는 사람이었다.

버릇처럼 '내가 왕년에는 밥그릇 파에서 악명 좀 날렸지.' 라고 말하는 사람이었다.

그리고 단순 말뿐만이 아니었다.

예전에 식당으로 술 취한 취객들이 행패를 부렸을 때에 그들을 가뿐히 제압해 밖으로 내쫓는 것을 두 사람 눈으로 똑똑히 목격하기도 했었다.

그에 비해 태훈은 겉으로 보면 키도 크고 얼굴도 잘생기긴 했지만 덩치도 그보다 훨씬 작았고 거친 일은 해보지 않은 사람처럼 보였기 때문이다.

"걱정 말고 말해줘, 너희들이 이제까지 제대로 된 노동자로써 대우를 받지 못한 곳들."

곧 두 사람이 태훈에게 위치를 상세하게 말해주기 시작

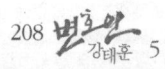

했다.

총 세 곳이었다. 주유소, 편의점, 식당.

모두 적은 후 태훈은 만년필을 다시 품속 포켓에 걸치고 두 사람을 보았다.

두 사람이 눈을 초롱초롱 빛내며 태훈을 보고 있었다.

"한 그릇 더 먹어도 되요?"

태훈은 그 모습이 귀여워 웃어보였다. 자신들도 그런 말을 꺼낸 것이 꽤나 민망했던지 어색하게 웃었다.

"이모 여기, 콩나물 국밥 두 그릇만 더 주세요!"

태훈이 손을 들어 주문했다.

❇

아이들 밥을 먹이고 다음 날 오라는 말과 함께 한기에게 자초지종을 설명하고 그곳 좀 돌아보겠다고 말했다.

한기는 안타까움에 한숨을 절로 내쉬었다.

이것이 우리나라의 현실이었다.

실질적으로 우리나라에서 최저임금법이 얼마나 잘 지켜지고 있을까.

특히나 미성년자, 대학생들에게 최저임금법은 거의 지켜지지 않는다.

분명 법으로 개정되어 있기는 하지만 대부분의 업주들이

최저임금법을 지키지 않는다.

당연히 돈 때문이었다.

몇 백원. 많기는 몇 천원 사이로 최저임금을 지키지 않는 그들을 보며 어떤 이들은 얼마 차이 안 나잖아? 라고 말할지도 모른다. 그러나 아니다.

하루에 8시간 최저임금에 1천원을 덜 받고 일한다. 가정한다.

주 1회씩 휴무.

한 달이라는 시간 동안 총 26일을 근무.

20만원 남짓의 금액이 차이가 난다.

생각보다 시급에서 1천원이 더 붙냐 안 붙느냐는 큰 차이였고, 알바생 여러 명의 그 시급이 모이고 모이면 업주 사장의 배는 두둑하게 불러지는 셈이었다.

이것이 몇 군데 악덕업주들에게서만 일어나는 현상이 아니라, 전국에서 사업자라는 명패를 건 곳들이 이런 경우가 비일비재했다.

말을 마치고 나선 태훈은 곧장 차를 타고 서울지방검찰청으로 가서 도혜를 태웠다.

도혜에게도 자초지종을 설명했다.

"빌어먹을 놈들. 머리털을 다 뽑아버려야 해!"

"어?"

태훈은 그녀의 거친 욕설에 놀라 그녀를 돌아보았다. 화가 나서 그녀는 자신도 모르게 내뱉은 것이다.

그녀는 입을 꾹 다물고는 민망한 듯 태훈을 보았다.

"빌어먹을 놈들인 거 맞잖아."

"그렇긴 하지."

태훈은 어색하게 웃었다.

변호사인 자신 혼자서 어느정도 감당도 되지만 검사가 가면 그 효과는 더욱더 커질 것이었다.

두 사람이 탄 차량이 가장 가까운 고기 집으로 향했다.

가게는 무척 컸다.

1층은 일반석, 2층은 예약석으로 운영되는 곳이었으며 아르바이트 생들의 숫자만 어림잡아도 3명.

직원이라는 이름으로 주방과 홀에서 일하는 사람들의 숫자는 일곱 정도였다.

"어서오세요."

카운터에는 덩치가 산만한 남성이 돈을 세면서 반겨주지도 않았고 직원들과 아르바이트 생들이 반겨주었다.

지금 시간이 손님이 많이 없을 시간대였기 때문에 한적했다.

태훈은 카운터를 노크하듯 두들겼다.

"저기요."

"아, 예. 손님."

그는 몸을 일으켜 돈을 한쪽에 두고는 빙긋 영업용 미소를 지어보였다. 딱 보기에도 그의 얼굴에 '나 사장'이라고 써져 있었다.

"이혜원하고 유건우 아시죠?"

두 사람의 이름이 나오자마자 사내는 '아놔.' 하는 표정으로 얼굴을 구겼다. 순식간에 얼굴이 굳어지며 180도로 사람이 변하자 태훈은 실소를 내뱉었다.

이런 사람이 이끄는 가게가 이렇게 크다니. 참 나쁜 놈들이 잘 산다. 라는 말이 와 닿는 순간이었다.

"에이, 저 그런 애들 몰라요. 가요. 바빠 죽겠는데."

그는 파리채를 두 사람 앞으로 휘둘러대었다. 썩 꺼져! 라는 것이 드러났다. 도혜와 태훈은 황당하단 웃음을 지었다.

"예정아. 가서 소금 좀 한 움큼 가져와라."

"소금이요?"

"그래, 오늘 재수 옴 붙었나보다."

아르바이트생에게 그 말을 한 그는 대놓고 태훈과 도혜를 무시하기도 했다. 이곳의 업주 김수용은 혜원과 건우를 제외하고도 많은 아르바이트생들의 임금을 깎아먹었고, 제대로 쳐주지 않았다.

직원은 성인들을 주로 쓰지만 아르바이트는 미성년자들을 썼다. 미성년자들은 자신의 덩치만 봐도 겁먹기 십상이었고, 말 몇 마디면 깨갱하고 기가 죽으니 이용해먹기 편했다.

　물론 모든 아르바이트생들에게 혜원과 건우처럼 임금의 반도 안 주고 내쫓지 않았다.

　그랬다간 바로 쇠고랑 찼겠지.

　말도 안 되는 자신이 창시한 임금법을 적용시키며 3개월 수습기간을 붙이고. 이 주위의 식당은 다 그렇다며 몇 백원 더 까먹는 수법으로 최저임금보다 1천원 조금의 금액을 주고 있었다.

　또한, 이 가게는 24시간 운영된다. 밤에는 야간팀 직원과 아르바이트생들이 오는데, 그 역시 야간 특별 수당이 지급되기 만무했다.

　"저기요. 이야기도 안 나누고 그런 식으로 나오면…."

　"아이씨, 그래. 안다 알어. 그 새끼들, 염치가 없는 새끼들이지. 고아 새끼라고 해서 먹여주고 재워주고 일자리 주고. 어!? 근데 그놈들 때문에 돈이 삐더라!"

　적반하장도 유분수라고 했던가. 딱! 김수용의 행색이 그러했다.

　도혜의 화가 머리 끝까지 올라갔다.

　그렇지만 애써 웃었다.

　"그래도 돈은 제대로 주셨어야죠."

　"이 아가씨 보소? 아가씨. 나 나쁜 사람 아니야. 걔들 잘 곳 없다고 해서 2층 예약실이 밤에 비는데 거기서 애기랑

같이 잘 수 있게 해주고 고기 먹여주고 음료수 먹여주고, 응? 하루 새끼 고기 먹였다니까? 나 같은 사람이 어딨어!"

"아하. 그래서 시급을 조금 주셨구나. 근데요. 사장님."

태훈도 화가 머리 끝까지 치밀었다.

그의 얼굴로 웃음이 맺혔지만 눈썹이 위로 치켜 올라갔다.

"아이들 말 들어보니까. 손님들이 남기고 간 고기 먹었다던데요. 음료수도 그랬고요. 또 2층 예약석은 보일러도 안 틀어줘서 꼭 껴안고 잤다던데요. 근데 그걸 빌미로 두 사람 합쳐서 190정도 받아야하는 거 80만원 주고 내 쫓았다고."

"와, 이것들 사람을 완전히 나쁜 놈으로 모네. 이 자식들 지금 어딨어!"

"어딨으면 어쩌게요."

"내 이놈의 자식들 버르장 머리를 그냥!"

그는 위협적으로 카운터에서 나왔다. 그리고는 태훈의 앞에 서며 옷 소매를 걷어 올렸다. 진득한 용 그림이 보였다.

그는 산만한 자신의 덩치를 태훈의 앞에서 과시했다.

자신보다 키도 3cm는 컸고 덩치는 훨씬 우락부락했다. 태훈은 어이가 없어 자신의 얼굴을 긁적거렸다.

"됐고. 당장 그 돈 주시죠."

"당신이 뭔데? 난 정당하게 돈 줬다니까?"

"수습기간 3개월이라고 하면서 최저임금법의 90%의 금액을 주고 계시죠?"

도혜의 말에 흠칫하고 업주의 눈이 파르르 떨렸다. 대충 이런 사람들이 어떤 수법을 사용하는지 안다.

물론 대게 회사들이 수습기간 3개월을 두고 90%의 임금을 주게 되어있고 합법이었다.

그렇지만.

아르바이트는 아니었다.

"어떤 법이 그렇게 개정되어 있나요?"

"하, 이 아가씨 보소. 노동법에 그렇게 쓰여있어."

"어디요?"

그녀가 자신은 모르겠다는 듯 고개를 갸웃했다. 태훈도 고개를 저었다.

"아 써 있다니까!"

"아 없다고!"

화가 난 도혜가 잠구고 있던 마이 단추를 풀며 빽 소리쳤다. 직원들과 아르바이트 생들의 시선이 일제히 향했고, 이미 그들은 주위에서 지켜보고 있었다.

김수용은 깜짝 놀랐다. 그녀가 푼 마이 정장 사이에는 신분을 나타내는 목걸이가 걸려있었다.

서울중앙지방 검찰청 안도혜 검사.

그 이름을 본 김수용은 '헉!' 하는 표정이었다.

"이보세요. 그런 법 없다고요. 아시겠어요?"

수용은 마른침을 꿀꺽 삼켰다.

그는 슬쩍 태훈을 보았다. 그렇다면 태훈도 검사인가 싶었다. 검사 두 명이 그 어린 핏덩이들 때문에 이곳에 온 이유를 알지 못했지만 검사가 두 명이나 왔다.

"빨리 애들 돈 줘요. 돈만 받고 갈 테니까."

도혜도 괜한 분쟁을 만들고 싶지는 않았다. 물론 돈을 받으면 이곳 관할 검사님에게 일러 받칠 예정이긴 했다.

또 노동부에 고발할 생각도 하고 있었다.

김수용은 망설였다. 혹시 사칭은 아닐까 싶었다.

아무리 그래도 검사라는 직급이 낮지 않았다. 애들 코 묻은 돈 받으려고 검사 두 명이 출두했다는 것이 조금 의아했다.

그는 곧 거짓이라고 서서히 확신으로 생각했고 얼굴에 작은 웃음이 걸쳐졌다.

"어디서 싸가지 없이 거짓…."

"자, 여러분 잘 들으세요."

태훈이 골반에 양 손을 놓고 직원들과 아르바이트 생들을 보며 말했다.

"우리나라의 법은 일주일 간 근로시간은 휴게시간을 제외하고 40시간을 초과할 수 없습니다. 또한 1일의 근

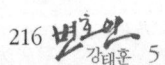

로시간은 휴게시간을 제외하고 8시간을 초과할 수 없어요. 만약 여기에서 추가한다면 연장근로. 그리고 야간 타임의 경우 계약임금의 150%를 지급을 원칙으로 하고 있습니다."

태훈의 말에 직원들과 아르바이트생들이 귀를 열고 그것을 귀에 넣었다.

"그리고 아르바이트 생들의 경우 3개월 수습기간 같은 것 없습니다. 100% 최저임금에 적용되게 받아야하며 고용주는 마음대로 임금을 낮추면 안 됩니다. 또 최저임금의 적용을 받는 근로자와 고용주 사이에서 최저임금에 미치지 못하는 금액을 임금으로 정할 시. 무효로 처리되어 무효 된 부분은 최저임금액과 동일한 임금을 지급하기로 되어있습니다."

김수용은 갈수록 경악이 되어 눈만 커져가고 있었다. 검사를 사칭한다고 여겼더니 술술 법이 읊어지고 있었다.

"만약 위 사항 위반 시 고용자는 징역 3년 이하 2천 만원 이하의 벌금에 처해집니다. 잘들 알고계세요? 알았죠?"

태훈은 싱긋 웃었다. 직원들과 아르바이트생들이 고개를 끄덕거리더니 곧 후다닥 휴대폰을 집어서 계산을 하기 시작했다.

김수용이 이제껏 자신들 돈을 얼마만큼 떼어먹었는지

확인하는 것이다.

마지막으로 태훈이 식겁한 수용을 보며 말했다.

"그리고 만약 돈 안 주면. 노동부 가서 고발하시면 됩니다. 알겠죠?"

"네-"

직원들과 아르바이트 생들도 쌓인 게 어지간히 많았나 보다. 그들은 함께 대답했다.

도혜가 손을 내밀었다.

그러자 놀랐던 것을 참고 있던 수용이 결국 딸국질을 했다.

"딸국! 딸국! 드, 드려야… 드려야죠. 암요."

그는 파들파들 떨리는 손으로 카운터로 다가섰다. 간이금고를 열어 돈을 꺼냈다.

다행이도 안에는 정확하게 110만원의 돈이 남아있었다.

그것을 빼자 간이금고에는 몇 백 원만 덩그러니 놓여 있었다.

"그걸로 맛있는 거나 사드세요."

도혜는 조롱하는 방법을 알고 있었다. 태훈은 혀를 내둘렀다. 언제 자신의 여자친구가 이렇게 발전을 했지?

하긴, 도혜는 악인들에게는 너무나도 거침없는 여검사로 유명하긴 했다. 태훈은 오히려 그런 모습이 좋았다.

"갑시다. 강 검사."

"그래요. 안 검사."

돈을 챙긴 두 사람이 밖으로 나섰다. 옷자락이 바람에 펄럭였다. 도혜가 한 쪽 손을 쫙 펼쳐 들어올렸다.

태훈이 그 손에 자신의 손을 착 쳐줬다.

하이 파이브.

한 건 끝났다.

그 다음 장소로 가기 위해 두 사람이 차에 올랐다.

가게 안에서는 직원들과 아르바이트 생들이 김수용을 둘러 쌓은 채 목소리를 높이며 돈 내놓지 않으면 노동부에 고발할 거예요! 라며 죽일 듯이 노려보고 있었다.

김수용.

오늘 정말 똥 지대로 밟은 날이다.

식당에서 돈을 회수한 후에는 곧 바로 편의점과 주유소를 다녀왔다. 성희롱 적인 발언을 했다는 주유소 사장은 도혜와 태훈의 앙칼진 목소리와 정곡을 찌르는 말들에 흠칫흠칫 놀랄 수 밖에 없었다.

그들은 거의 빌듯이 고개를 정중히 숙여보았다. 두 사람은 심드렁한 표정으로 주유소에서 나왔다.

세 군데를 돌면서 돈을 받으니 250만원 정도가 나왔다.

두 사람은 그 돈을 보며 한숨을 내쉬었다.

어떤 일을 해도 정당한 대우를 받지 못한 것이다.

부모가 없다는 이유로, 신분이 확실하지 않다는 이유로. 어리다는 이유로.

결국 두 사람을 절도범으로 만든 것은 바로 우리 사회의 어른들이지 않은가 싶었다.

도혜는 태훈에게 회수한 모든 돈을 건네주었다.

"나 지청에 내려줘."

"애들 안 봐도 돼?"

"내가 뭐 하러 봐."

그녀는 나랑 무슨 상관이냐는 표정이었다. 태훈은 알았다. 도혜는 아이들을 크게 걱정하고 있었다. 그녀가 편의점과 주유소에서 침을 튀겨가며 말할 때 확실하게 느꼈다.

그렇지만 무심한 듯 말하는 그녀의 의도는 알았다.

그녀가 관여하면 오히려 독이 될 것이다.

서울중앙지방 검찰청 앞에 그녀를 내려주었다.

"너 혼자 그 돈 회수한 거다."

태훈은 대답하지 않았지만 도혜는 차문을 닫고는 지청으로 들어갔다. 태훈이 그녀를 보며 눈을 빛냈다.

"역시 내 여자친구는 멋있어."

물론 예쁘기도 하다. 차량은 다시 사무실로 향했다.

다음 날. 혜원이와 건우가 다시 왔다. 두 사람이 오자 태훈은 하얀색 봉투를 두 사람의 앞으로 내려놨다.

그 봉투를 건네받은 건우가 조심스럽게 내용물을 꺼냈다.

그는 꽤나 묵직한 돈이 들어있자 태훈과 혜원을 번갈아 보았다. 혜원은 건우의 손에 들렸던 봉투를 빼앗아 세기 시작했다.

"250… 돈이 더 많은데…."

"으음, 아니지. 아니야. 니들이 생각한 계산 법에는 연장근무 수당과 야간 수당이 붙어있지 않았잖아. 식대비도 그렇고."

"아."

두 사람의 눈이 빛났다. 그 둘은 내심 태훈이 새롭게 보이는 순간이었다. 또 작은 믿음이 새록새록 피어나고 있었다.

이제까지 어른들에게 치이기만 하면서 살아왔다. 고아원에서도 마찬가지였다.

당연하게도 두 사람이 고아원에서 보육교사들과 원장으로부터 '가족의 정'을 느끼지 못했을 것이다.

결국 그들은 피 한 방울 섞이지 않은 사람들이고. 돈을 벌기 위해 원장, 보육교사가 된 사람들이니까.

그들의 멸시를 받으며 자라왔다. 버려진 자식들이라는 이름으로 어른들에게 무시를 당했고 임신을 하였을 때에는 그것이 더욱 커졌었다.

당장 아이는 지우거나 혹은 입양 보내버리자는 말이 나왔고 배는 불러갔고 어른들은 내쳤으며 때로는 어린 혜원을 탐하려는 자들도 있었다.

이렇듯 아직 어린 나이에 힘겨운 삶을 살아왔던 두 사람에게 그들이 그렇게 믿지 못했던 어른이 도와줬다.

태훈은 빙긋 웃었다. 믿음이 생기자 그 웃음이 무척 따뜻해보였다.

"이제까지 너희가 겪어왔던 모든 일을 나에게 말해주겠니?"

그 말에 두 사람이 엉겁결에 고개를 끄덕였다. 혜원은 서둘러 돈 봉투를 품속에 집어넣었다.

두 사람의 입에서 이제까지의 이야기들이 흘러나오기 시작했다.

모든 이야기를 전해들은 태훈의 입으로 절로 탄식이 흘러나왔다.

부모가 없다는 것은 참으로 힘든 것이었다.

만약 정말 두 사람에게 법적으로 친권을 가지고 있었던 부모가 있었다면 두 사람의 이야기 보따리 속에서 나온 것처럼 사람들이 둘을 막대하지는 못했을 것이다.

그들은 어리니까. 많은 수욕을 당했다.

그중에서 꽤나 충격적인 이야기도 있었다.

열 다섯 살. 혜원이 중학교 2학년에 들어갔을 때에는 중학교 교사로부터 무시를 당했다고 하였다.

그 당시 수학여행비는 약 60만원이었다고 한다. 수학여행지가 일본에서 6박 7일의 일정이었다고 한다.

당연히 미쳤다고 고아원에서 그 돈 들여서 혜원을 보내주겠는가.

반에서 유일하게 혜원만 수학여행 불참을 말했고 그 당시 서른 초반의 결혼 한지 얼마 안 된 담임교사는 눈을 흘끗 뜨고는 '내가 보내줄 수도 있는데.'라고 말한 적이 있다고 한다.

그 눈빛에서 혜원은 무언가를 느꼈었다고 한다.

남자인 건우보다 혜원이 이제까지 느낀 수치와 무시가 훨씬 컸던 것이다.

그리고 그것은 고아원에서도 역시 마찬가지였다.

보육교사 중 누군가는 '최신 휴대폰 가지고 싶지 않아?' 라며 담임교사와 비슷한 눈빛을 보냈다고 한다.

그런 때에 건우가 그녀를 지탱해준 것이고 서로를 의지하며 그 힘든 곳을 폭폭하게 이겨나간 것이다.

대게 고아원의 경우는. 완전한 고아도 거의 없었다.

부모는 있지만 그 여력이 되지 않아 그곳에 맡긴 사람들이 태반이었다. 그렇지만 두 사람 같은 경우는 조금 달랐다.

건우의 경우 한 살 배기 시절. 화장실에 버려져 있었고 그것을 발견한 이의 신고로 고아원에 가게 되었고 혜원의 경우 열 한 살. 부모님 두 분이 모두 사고로 돌아가신 케이스였다.

의지할 곳이 전혀 없는 그들을 어른들이 외면하는 것도 아닌 처참하게 밟아 버렸으니.

그 이야기를 슬쩍 엿듣던 이태영 변호사는 자신도 모르게 한숨을 내쉬었다. 그 소리를 들은 태훈이 시선을 틀었다가 다시 둘을 보았다.

만약 여기에서 유건우가 9호를 선고 받으면 큰일이었다.

가장 큰 문제는 역시나 아기였다.

건우가 6개월이라도 소년원에 있어야 한다는 판결이 내려진다면 혼자서 혜원이 아이를 돌봐야한다는 사실이었는데, 암담한 미래가 생생하게 그려졌다.

어쩌면 혜원은 극단의 선택을 할지도 몰랐다. 입양을 보내거나, 아이를 버리거나.

그런 걸 생각하자 이번 변호는 더욱더 최선을 다 해야겠다. 라는 생각이 들었다.

모든 말을 들은 태훈은 자리에서 몸을 일으켰다.

지금은 이 아이들이 가장 좋아하는 말을 해주고 싶었다.

"밥 먹으러 가야지. 배고파 죽겠다."

두 아이가 서로를 마주보며 실실 웃었다.

※

 도혜의 손가락이 툭.툭.툭. 일정한 간격으로 책상을 쳤다. 골똘한 생각에 잠긴 그녀의 머릿속으로는 유건우와 이혜원에 대한 생각이 가득 담겨 있었다.

 절도를 저지른 그 아이들이 뭐라고 자신이 걱정을 하고 있는 것인지 머리를 흔들며 털려고 했지만 쉽사리 되지 않았다.

 결국 그녀는 인터넷 창을 켰다.

 그는 다양한 검색을 하기 시작했다.

 혹시나 어려운 사람을 도와주는 단체는 없는지, 두 사람을 도와줄 수 있는 단체는 없는 것인지 찾는 것이었다.

 두 사람의 사건은 담당 하는 사람이 알아서 할 것이고 참견한다는 것은 예의와 법조인으로써 옳지 못했다.

 그러나. 이런 방법으로라도 힘이 되어주고 싶었다.

 도혜도 최악의 상황이 올지도 모른다는 것을 잘 알고 있었다.

 그 최악의 상황이 혹시 올 지도 모르니.

 그런 두 사람에게 도움을 줄 수 있는 손길이 필요했다.

 그녀는 한 시간 남짓을 찾다가 카페 하나를 찾아냈고 그곳에 가입해 안타까운 그 사연을 적어 내려갔다.

 그리고 그 밑에 자신의 연락처를 기재했다.

생각보다 카페의 회원수는 많았다.

인터넷 창을 종료한 도혜는 쓰게 웃었다.

두 아이에게 세상에는 그 둘을 험난하게 만들려는 어른들만 있는 것이 아니라, 마음 따뜻한 진짜 어른이라는 이름이 무색하지 않은 사람들도 있다는 것을 가르쳐주고 싶었다.

서둘러 연락이 왔으면 좋겠다는 생각에 방금 글을 게재해놓고 자신의 휴대폰을 들여다보는 그녀다.

❈

업무가 끝이나고 몸을 일으키려는 태훈을 효성이 붙잡았다. 그는 검지 손가락을 보이면서 딱 한 잔만 하자라고 말하고 있었다.

태훈도 기분이 적적했기에 고개를 끄덕였다.

효성은 오늘 그에게 말하기로 마음 먹은 것이다.

재희와 영화를 본 이후. 하루 이틀 두 사람의 만남은 이어지고 있었다.

그럴수록 그는 더욱더 재희에게 빠져들고 있었고 재희는 효성의 자신을 위한 배려와 그 마음에 서서히 마음을 열고 있었다.

어쩌면 정말 열 한 살이라는 나이 차이를 극복하고도 두 사람은 연인이 될 지도 몰랐다.

언제까지 효성이 숨길 수는 없는 노릇이었다.

이제 그만 그 사실을 태훈에게 밝히려 한다. 그리고 밝히기 전 재희에게 미리 말했었다. 그녀는 오히려 자신도 그 자리에 와도 되냐고 물었고, 망설였던 효성은 그러라고 답했다.

두 사람이 포장마차로 들어왔다.

"여기 꼼장어하고 오돌뼈, 계란찜. 소주 두 병 주세요."

"무슨 안주를 그렇게 많이 시켜요?"

"걱정 마. 내가 쏠게."

그는 실실 웃었다. 잔 두 개, 소주 두 병이 놓여지자 효성이 말했다.

"이모 잔 하나만 더 주시죠."

"누가 더 와요?"

"있어. 너한테 꼭 좀 소개시켜주고 싶은 사람."

효성은 재희가 이곳에 오겠다는 이유를 태훈에 대한 마음 정리가 끝났다는 것을 그에게 보여주기 위함이라고 생각했다.

그리고 그녀는 태훈과 자신이 연락을 일체 하지 않고 있다고 했다. 만약 정말 효성과 재희가 만나게 되면 태훈과 그녀가 보게 될 일이 분명히 생길 것이다.

그때를 대비해 그녀는 불편해도 오는 것이었다.

그녀에게 장소를 알려주는 문자를 보낸 효성은 싱긋 웃었다.

"자자, 마셔마셔. 어때. 이번에 맡은 사건."

효성은 두 아이가 그 이야기 보따리를 풀 때 자신의 일을 위해 법정에 있었다.

"힘드네요. 아직 어린 두 친구인데. 나쁜 녀석들이기도 하지만. 불쌍한 녀석들이기도 하고."

"이유 없는 범죄자는 거의 없는 법이지. 아. 이번에 내가 맡은 빌어먹을 의뢰인 빼고."

효성은 싱긋 웃으며 태훈의 비어진 잔을 가득 채워줬다.

두 사람이 연거푸 술을 마셨고, 소주 세 병이 동이 났다.

태훈은 이 정도 마시면 일어나는 게 좋지 않을까 했다. 평소 두 사람이 함께 마셔도 이 정도 마시면 일어나고는 했다.

무리하면 다음 날. 고생할 테니까.

물론 말술인 태훈 말고 효성이.

오늘 누가 오는 것인지 모르지만 효성은 계속해서 휴대폰을 들여다보고 있었다.

곧 그는 몸을 일으켰다.

"다 왔다고 하네. 데려올게."

"네."

몸을 일으켜 그가 나서고 얼마 지나지 않아 그의 목소리가 들렸다.

"오는데 좀 멀었죠. 미안해요."

"괜찮아요. 강태훈 변호사님은요?"

"안에 있어요."

"응?"

태훈은 포장마차 바로 앞에서 들리는 익숙한 목소리, 그리고 자신을 말하는 친근한 어조에서 고개를 갸웃했다.

너무나도 익숙한 목소리였는데, 꽤나 오랫동안 듣지 못한 목소리였다.

그리고 곧 효성이 먼저 들어오고 그 다음으로 들어온 사람은 다름 아닌 한재희였다.

한재희를 본 태훈은 눈을 동그랗게 떴다. 그녀는 어색하게 웃으며 자리를 잡고 앉았다.

"오랜만이에요. 변호사님."

"아, 어."

태훈은 정말이지 깜짝 놀랐다. 어떻게 된 것이냐는 표정으로 효성을 보았다.

효성은 무안한 듯 술로 입가를 축였다.

"설마."

"아직 그 설마는 아니야."

효성이 고개를 저었다. 그렇다면 진행은 되고 있다는 것인데, 태훈은 헛웃었다.

그녀에게 시선을 두자 그녀는 코를 찡그리며 '뭘 봐요?'라는 표정이었다.

그는 곧 자신의 잔에 따라진 술을 들이켰다.

아마도 그때의 연이 되어서 어떻게 두 사람이 만나고 있었던 것 같은데, 자신이 전혀 알지 못했다는 것에 사실 조금 당황스러웠다.

물론 두 사람이 만난다고 해서 질투심이 나거나, 한때는 자신을 좋아했던 여자가 다른 남자와 같이 와서 화가 나거나 하진 않았다.

그녀는 분명 태훈에게 과분한 여자였고 미안하게 생각했던 여인이었으니까.

재희는 자신의 잔에 따라진 소주를 거칠게 들이키고는 테이블 위에 내려놨다.

"이제 변호사님한테 있던 마음은 접었어요."

그녀의 당돌한 말에 태훈은 '하하…' 하고 어색하게 웃었다. 확실히 그런 것 같았다.

효성을 보는 재희의 눈이 꽤나 따뜻했고 부드러웠다.

반대로 자신을 보는 눈빛은 마치 옛 연인을 보듯 차갑기도 한 것 같았고 아무런 감정도 담기지 않은 것 같았다.

다시 태훈은 잔에 따라진 술을 마셨다.

NEO MODERN FANTASY & ADVENTURE

6. 따뜻한 어른들

따뜻한 어른들

"여기 뭐 묻었어요."

재희가 효성의 입가에 묻은 꼼장어 양념을 티슈 한 장을 꺼내 닦아주었다. 효성은 머쓱하게 웃었다.

사실 효성은 태훈의 눈치가 보였다. 아무리 그래도 재희는 태훈을 좋아했던 여자이니까. 그렇지만 잠깐의 당혹이 지나가고 태훈은 의미모를 부드러운 미소로 두 사람을 바라보고 있었다.

술을 함께 마시는 자리는 조금 서먹했다.

그렇지만 포장마차에서 나올 때에는 함께 서 있는 두 사람을 보며 태훈은 웃었다.

"잘 어울리네."

"그래?"

빙긋 웃는 태훈의 말에 효성은 기분이 좋아졌다. 다행이도 태훈은 자신들 두 사람을 껄끄럽게 보거나 기피하지 않는 것 같았다.

태훈도 재희가 자신을 진정으로 사랑해줄 사람을 만난 것에 기분이 좋았다. 효성은 분명히 괜찮은 사람이었다.

전에는 티격태격도 했었지만 지금 본 그는 남자인 자신이 봐도 괜찮은 사람이었다.

단, 나이 차이 빼고.

"도둑…."

"하하하. 닥쳐."

"네."

태훈이 장난스레 눈을 가늘게 뜨며 운을 떼자 효성이 멋쩍게 웃더니 노려봤다.

태훈의 대리운전기사가 먼저 도착했다.

그가 차에 올랐다.

"가라. 태훈아."

"다음에 검사님하고 해서 넷이서 봐여."

"그래, 안효성 변호사님. 조심히 들어가십쇼. 재희도 잘 들어가고."

재희의 말에 고개를 끄덕인 태훈이 차량에 올랐다. 곧 차는 출발했고 태훈은 픽 웃었다.

웬지 모를 쓸쓸함도 있었고, 차라리 잘 되었다는 기분도 들었다. 싱숭생숭하다.

※

건우의 경우 전의 사건에서 3호와 4호 처분을 받았었다. 그 당시 그가 절도한 것은 이번처럼 스마트폰이 아니라 오토바이였고 다행이도 되팔기 전에 덜미가 잡혔기에 피해자 측에서 나이도 어려서 작은 금액에 합의를 해줘서 낮은 형량으로 끝날 수 있었다.

그렇지만 절도죄가 두 번째였다. 더군다나. 이번에 그들이 찜질방에서 훔쳤던 스마트폰 세 대의 경우 다시 원래 주인을 찾아갔다지만 그 전에 훔쳤던 스마트폰 세 대의 경우는 판매된 상황이었다.

즉, 그 스마트폰에 대한 피해가 피해자들에게 고스란히 남아있는 상황이었다.

때문에 합의를 해야만 하는 상황이었다.

일단은 합의를 하자고 태훈은 아이들을 설득했다.

그들은 흔쾌히 고개를 끄덕였다. 못 받을 줄 알았던 금액 250만원이 생겼고, 또 정말 건우가 소년원이라도 들어가면 큰일이었기 때문이다.

합의를 위해서 건우와 태훈. 이렇게 두 사람이 움직이

기로 했다.

카페로 젊은 여성이 들어왔다. 대학생 여성이었다.

부드러운 어조로 태훈은 말을 이끌어갔다.

"아직 어린 학생이고 또 잘못하면 소년원에 갈지도 몰라요. 한 번 너그럽게 봐주셔서 합의를 해주셨으면 합니다."

"제 기계 값만큼은 받아야겠어요."

합의금은 당연히 기존의 기기값 만큼은 준다. 사실 여학생에게는 구미가 당긴 거다. 며칠 스마트폰을 사용하지 못해 불편하기는 했지만 새로운 휴대폰을 장만할 수 있으니까.

"10만원 더 쳐서 드리겠습니다."

여학생은 쉽게 수긍했다.

두 번째 피해자는 중년 여성이었다.

딱 건우만한 아들을 키우고 있었기에 그녀 역시도 쉽게 합의를 할 수 있었다.

그리고 세 번째 합의자를 확인하고 태훈은 한숨을 쉬었다.

얼굴에 '나 뿔남.' 이라고 써 있었다. 그는 과거에는 사법고시를 준비했던 사람이었다. 지금은 결국 그 사법고시라는 벽을 뚫지 못하고 다른 사람들과 다를 바 없는 직장을 다니고 있는 사람이었다.

외관으로 판단하면 안 되지만. 그는 역시나였다. 합의라

는 말에 손을 휘휘 저었다.

"어린 놈의 새끼가 싸가지가 없이. 남의 물건에 손을 대고 말이야. 에헤이? 이 사람 보소? 나 합의 안 본다니까 글쎄."

태훈이 조심스레 '이번 한번만…' 하면서 팔을 잡자 그는 그 손을 걷어내면서 단호한 표정이었다.

"내가 받은 정신적, 물리적 피해가 얼마인데? 응? 내가 휴대폰 없어서 일을 못 나갔어 일을! 내가 그 피해를 다 감수하라고?"

그는 눈을 동그랗게 켜며 불을 켰다. 확실히 휴대폰의 경우는 누군가가 다른 큰 일을 볼 때 피해가 클 수도 있는 노릇이었다.

그 기계 값 비례. 그 가격이 더 높게 측정 될 수도 있는 게 휴대전화였다.

"야 임마, 내가 너 때문에 얼마나 큰 피해를 본 줄 알아? 애새끼가 젊으면 일해서 돈을 벌어야지. 남의 물건에 손을 대고. 어디 콩밥 한 번 배터지게 먹어봐. 이놈아."

물론 그렇다고 남성도 돈을 많이 준다고 하면 합의를 안 해주진 않을 거다. 그도 금전적인 보상은 분명히 받아야 했으니까.

그렇지만 생각보다 많은 금액을 원하고 있었다.

조금 부족했다.

그는 재수 없다는 듯이 고개를 푹 숙인 건우를 노려보고는 밖으로 휙 나섰다.

"여기 좀 있어."

태훈은 후다닥 그를 쫓아나갔다.

건우의 눈으로 밖으로 그를 쫓아나가 사정사정하는 태훈의 모습이 들어왔다.

그는 작은 한숨을 쉬었다. 자신 때문에 굽신거리는 태훈을 보자 그는 마음 한 켠이 불편했다. 어렸지만 그 정도는 안다.

태훈이 자신 때문에 괜한 고개를 숙이고 있다는 사실을.

"진정 좀 하시고요. 제발 부탁 좀 드립니다. 네?"

태훈은 무조건적으로 합의를 봐야 했다. 그래야 건우에게 좋았다. 그리고 한 편으로는 정신적으로의 성장도 이룰 수 있지 않을까했다.

남성은 밖에까지 쫓아와 팔을 잡고 사정사정하는 그를 보고는 헛웃었다.

"아니, 이거 왜 이래. 진짜? 그럼 내가 말한 돈을 주던가."

"선생님. 한 번만 부탁드립니다."

"어허. 당신 변호사 아냐? 딱 보니까 국선 변호사 같은데. 형씨. 변호사면 변호사답게 굴어. 당신이 무슨 재 피붙이야?"

남성은 태훈이 왜 이렇게까지 붙나 싶었다. 자신도 사법

고시를 준비했던 만큼 법조인들의 그 잘난 콧대가 얼마나 솟은 줄 안다.

물론 공부한 만큼의 대가라고 그들은 생각하지만 그들은 쉽게 고개를 숙일 사람들이 아니었다.

그런데 태훈은 마치 피 한 방울이라도 섞인 것처럼 쩔쩔매면서 부탁하고 있었다. 자신이 기존에 아는 변호사와는 조금 달랐다. 때문에 작은 호기심이 동하기도 했다.

남성은 짜증난다는 듯 담배를 꺼냈다. 태훈의 라이터가 순식간에 그의 눈앞에 나타났다.

치이익

"후우."

"선생님. 저 친구요. 이번에 집행유예 못 받고 실형 선고 받으면 큰일 나요."

태훈은 건우의 안타까운 사연에 대해서 호소했다. 그는 마치 자신의 일인 것처럼 혼신을 다해서 말했다.

남성의 눈이 미묘하게 변했다.

"그래에…?"

"선생님! 저 어린 친구가 벌써부터 그런 일을 겪고 있습니다. 자기 자식 밥 먹이겠다고 안 해본 일이 없어요. 고아라는 이유로 무시 받고 천대 받으면서 그렇게 살았던 아이들이란 말입니다. 만약 아이가 잘못 되어 소년원에라도 들어가면 여자아이하고 아이는 어떻게 합니까. 이번 한 번만 도와주십쇼. 부탁드립니다."

남성은 투명 유리 사이로 암울한 표정으로 앉아있는 건우를 보았다.

자신도 사실 아들이 하나 있었다. 낳은 지 이제 3년이 된 아이였는데, 분유 값, 기저귀 값, 가지각색으로 들어가는 돈 때문에 골머리가 아팠다.

그런데 어린 싹수없다는 녀석이 그렇게라도 자기 아이는 키우겠다는 모습은 대견했다.

"요즘 아이들 버리는 사람들도 태반입니다. 그런데 저 어린 나이에 자기 자식이라고 키우겠다고 뭐라도 했던 그것 하나는 봐줘야 하지 않겠습니까?"

"끄응…."

남성은 얕은 신음을 흘렸다. 태훈은 거의 넘어왔다고 판단했다.

남성도 정말 변호사의 말이 그렇다면. 무조건 내치기만 해도 껄끄러운 상황이었다.

결국 담배 두 개가 타들어갈 동안 설득하자 남성은 한숨을 내쉬었다.

"그럼 변호사 분이 말했던 그 금액으로 합의 봅시다."

"감사합니다. 감사합니다."

태훈은 고개를 꾸벅거렸다. 남성은 실소를 머금었다.

"근데 어린 애들을 가지고 돈 뜯어먹고 성희롱하고 그

새끼들은 진짜 나쁜 새끼들이네."

"그렇지요?"

"그래도 다행이도 변호사는 진국을 만났구만."

남성은 태훈을 보며 씨익 웃었다. 이런 법조인 만나는 거 거의 하늘의 별따기였다. 누구보다 우위라고 믿는 법조인이 태반이었으니까.

사실 아이들도 딱했지만 태훈의 말솜씨도 그의 마음을 돌리는데 한몫했다.

그가 곧 다시 카페로 돌아와 합의서를 작성했고 지장을 꾹 찍었다.

"자식아. 착하게 살아. 나중에 네 자식 보기 안 부끄러우려면. 그리고 일할 곳 없으면 나한테 연락해. 일자리 하나 줄 테니까. 변호사 분. 나 가요."

그는 태훈에게 손을 흔들고는 밖으로 나섰다.

"후우."

태훈은 힘이 부친 듯 한숨을 뱉어냈다. 그래도 세 사람 다 합의를 했다. 참 다행이었다.

"죄송해요."

"뭐가."

건우의 주눅 든 목소리에 태훈은 의아한 표정이었다. 얘는 또 왜이래?

"저 때문에."

그 말 뜻을 이해한 태훈이 쓸쓸하게 웃으며 큼지막한 손으로 그의 머리를 쓰다듬어주었다.
"으이구. 으이구! 뭘 그런 걸로 죄송하다고 하냐."
그는 자리에서 몸을 일으켰다.
의뢰인을 위해 숙이는 고개?
그쯤이야. 숙일 줄 알아야하지 않을까.
그래야 진짜 태훈이 변했다라고 할 수 있을 것이다.
태훈은 남성에게 고개를 숙였다고 부끄럽지 않았다. 오히려 합의를 봤다는 것에 즐거울 뿐이다.
"밥이나 먹으러 가자."
언제나 그렇듯 건우가 가장 좋아하는 말을 해준다.

태훈은 건우가 반성문을 쓰게 했고 탄원서와 함께 법원에 제출했다.
공판일이 잡혔다.
이런 소년보호재판의 경우 단독 판사가 진행하기 마련이었다.
이번 재판의 판사는 여성이었다.
고예인 판사였는데, 꽤나 난처한 사람이었다. 고예인 판사는 젊은 축에 속했다. 태훈과 동갑이었다.

외모도 준수한 편이었는데, 그녀는 그런 외모와는 다르게 까칠하고 학교 폭력이나 소년소녀 범죄에 엄한 사람이었다.

법정으로는 건우뿐만이 아니라 이혜원과 아이도 함께였다.

자판기 커피 한잔을 마시고 있던 그녀는 태훈이 두 아이와 함께 들어오자 살짝 목례를 취했다.

태훈이 그녀가 난처한 상대라고 생각하는 것처럼 그녀도 유건우라는 아이에게 난처한 변호사가 붙었다고 생각했다.

자신이 아는 한 강태훈 변호사는, 그나마 지금 세상의 변호사들 중에는 헌신적인 사람이었으니까.

법정 안으로 들어갔다.

사사로운 절차가 이어졌다.

범죄사실에 대한 인정여부 역시 물었다.

유건우는 수긍했다.

그녀는 제출된 탄원서와 반성문을 흝어보았다.

반성문에는 유건우가 썼다 지웠다 썼다가 지웠다 한 지우개 자국이 역력했다. 엉성한 글 솜씨로 용서받겠다고 쓴 글 모습에 꽤나 반성이 느껴졌다.

그렇지만 그런 아이들이 한 둘인가?

세상에는 법정에 서고서야 자신의 범죄사실을 깨닫는

아이들이 태반이었다.

그런 아이들은. 고예인 판사에게 씨알도 안 먹혔다.

"변호인. 변론해주시겠습니까?"

"네."

태훈은 앞으로 나섰다. 소년보호재판의 경우는 검찰이나 경찰서장 등이 법원에 송치할 수 있다.

즉, 법원에서 사건이 진행되는 것이었고 수사 역시도 판사인 고예인에 의해서 조사관이 파견되어 수사가 진행되고 심리적, 혹은 가정환경, 범죄사실 여부 등을 확인하게 된다.

그렇지만 수사관이 건우와 혜원이 겪었던 그런 일들까지도 조사를 할까?

아니었다.

조사관이 올린 자료는 기껏 해봐야. 건우와 혜원이는 어린 나이에 낳은 자식이 하나 있으며 고아원 출신이고 건우는 절도 전과가 있으며 4호 처분이 내려진 상태에서 보호관찰에 관련한 출두도 잘 하지 않았다.

식의 보고만 올라왔을 것이다.

판사와 조사관은 알지 못하는 그 이야기를 고예인에게 해주어 1호-5호 사이를 받아내는 것이 가장 최선의 일이었다.

태훈이 앞으로 나섰다.

"존경하는 재판장님. 피고인 유건우 씨는 현재… 절도죄를 저질러… 4호 처분으로 인해 출두명령에 응하지 아니하고… 그리고 또 다시 절도를 저질렀습니다. 그러나 피고인 유건우는 어린시절 아주 불우했던 가정환경을 가지고 있었습니다. 재판장님. 감히 질문을 드리자면 재판장님께서는 이처럼 피고인이 법원에 출두하였을 때 부모님을 동반하지 않은 것을 보셨나요?"

소년소녀들이 재판을 받을 때 당연하게도 부모님들이 함께 출석한다.

또한, 그래야 옳았다. 부모님들이 아이들을 더욱더 잘 이끌어주고, 그들의 비행을 막아줄 여지가 충분해 보인다면 판사는 형을 낮춰서 선고하기 때문이었다.

그렇지만 건우의 경우는 부모님은커녕. 자신의 여자친구와. 그리고 자신이 낳은 아이가 왔다.

그리고 고예인도 이 사실은 분명히 알고 있었다.

"흔치는 않은 경우 같긴 합니다."

"그렇죠. 피고인 유건우는 어린 시절을 무척이나 불우하게 살아왔습니다. 한 살. 그 어린 나이에 부모에게 버림받았고… 이제까지 수차례의 질타를 받으며 자라… 그리하여…"

형식적인 이야기가 태훈의 입에서 흘러나왔다. 고예인은 그 이야기를 묵묵히 들었다.

"그리고 가장 주목해야할 부분은 바로 이 아이들이 얼마나 천대받고 무시 받고 살아왔는지에 대해서입니다."

"천대요?"

천대라는 말에 고예인이 관심을 가졌다.

"예. 천대받고 무시 받고 질타 받으며 이 아이들은 그렇게 커 왔습니다."

강태훈 변호사에 대한 소문이 꽤나 있었기에 그녀는 태훈이 말한 부분에 흥미가 동하고 있었다.

태훈은 하나도 빼놓지 않고 자신이 그들과 이야기를 나누면서 들었던 것 모든 것을 털어놨고 임금을 제대로 받지 못한 것. 나이가 어리다고 무시 당한 것.

부모가 없다고 질타 받은 것을 전부 말해주었다.

"또한, 현재 두 아이는 스스로의 힘으로 아직 두 살 밖에 되지 않은 딸 아이를 키우고 있습니다. 두 사람이 고아원에 있었을 당시, 원장은 두 사람의 아이를 입양, 혹은 불법 낙태를 하기 위해 일을 진행하였고 두 사람은 결국 그 고아원을 뛰쳐 나온 것입니다. 그리고 일을 시작했죠. 그런데 어른이라는 이름의 그들이 이 두 아이를 궁지로 내몬 것입니다. 한 번 떠올려 보시기 바랍니다."

태훈은 숨을 한 번 골랐다.

"아무리 일을 해도 제 값을 받은 적이 없었습니다. 또한, 아이는 배고픔에 참치 못하고 울음을 터뜨리고 혹여 모텔방 하나 잡지 못하면 어린 아이와 이 소년소녀는 추위에 떨며 참아야했습니다. 식당에서 일을 하면서 배고픔에 남은 고기를 주워 먹고 고기를 위생봉투에 담아 챙겨서 추운 방 안에서 고기를 잘게 잘게 씹어 어린 자신의 아이에게 먹이고는 했습니다. 그 뿐만이 아닙니다. 주유소에서는 아이를 등에 업고 기름을 채워주었고 편의점에서는 유통기한이 지난 음식으로 끼니를 떼우기도 했습니다. 아직 한참 놀고, 세상 물정 모르고 부모님한테 메이커 운동화 한 켤레, 옷. 용돈을 바래야 할 나이에 그들은 우는 아이를 달래고 배고프면 먹이게 하는 방법부터 배우고 있습니다. 이 현실을 준 사람들이 누구인가요."

태훈은 분에 차다는 듯 눈을 감았다. 그는 흥분된 가슴을 골랐다.

고예인은 그런 태훈의 말을 묵묵히 들었다.

"바로 우리 어른들입니다. 어른이라는 이름으로 아이들을 안아주지는 못할망정. 이용하고 부려먹고 사용하고 필요 없으면 버리고. 그것이 지금의 사회입니다. 그 사회 속에서 두 아이는 자신의 자식을 지키고 싶었던 것입니다. 그것이 해서는 안 되는 절도에 이르른 점은, 분명 벌을 받아 마땅합니다. 그렇지만 지금 당장 유건우 씨가 6호 이상의 처분을 받게 될 시. 당장 아이와 어린 소녀는 길거리에 내몰리게 됩니다."

"그렇다면 보호단체에 가면 되지 않을까요."

"보호단체요? 그곳에서는 이 아이들을 올바르게 키워줄까요? 아니요. 다를 바는 없습니다. 결국 사람은 자기 가족을 위하는 법입니다. 그 사람들이 가족처럼 이 아이들을 돌봐주려고 할까요? 아닙니다."

태훈은 고개를 저었다. 고예인은 끄덕였다. 확실히 그의 말처럼 사람은 자기 가족을 위하는 법이고. 남의 일은 신경도 쓰지 않으니까.

"허나 변호인. 제가 본 피고인의 경우 범죄의 재발 가능성이 무척이나 높습니다."

고예인 판사의 말은 날카로웠다.

"변호인의 말처럼 두 사람에게는 이끌어줄 어른들이 없습니다. 그렇기에 더욱더 범죄의 재발 가능성이 크다고 사료됩니다."

"그럴지도 모릅니다. 허나. 제가 그러지 않게 도와줄 겁니다."

"변호인이요?"

"적어도 저는 이 아이들에게 그런 어른들만 있는 것이 아니라는 것 정도는 가르치고 싶습니다."

변호사로써가 아니라 어른으로써 아이들을 대해주고 돕겠다는 이야기였다. 바보처럼 착한 것인지, 아니면 그만큼 두 아이를 믿는 것인지.

고예인은 갈등이 생겼다.

"피고인 앞으로 나오세요."

"네."

건우는 자신을 부르는 목소리에 화들짝 놀랐다. 태훈은 두 걸음 물러났다.

조심스레 그가 앞으로 나왔다.

"아이를 위해서 절도를 했나요? 아니면 스스로들 놀고 먹고 술 마시고, 담배 피고 맛있는 거 사먹고. 휴대폰 요금도 내고, 따뜻한 곳에서 자고 싶어서였나요."

분명 아이가 거짓을 말할 수도 있고, 진실을 말할 수도 있다.

그러나 묻는 이유는 건우의 그 목소리가. 이야기가 듣고 싶었다.

"왜 범죄를 저질렀나요. 스마트폰을 잃어버린 사람 중 만약 피고인과 같은 처지에 있던 학생이 있다고 생각해보세요. 그 아이가 여자친구에게 안부 전화를 하려고 했는데, 받지 못했다고 생각해보세요. 왜 범죄를 저질렀나요. 아이를 가장해서 형을 낮추려는 변호인의 발언이 있던 것은 아니었습니까?"

그녀의 굵직한 물음에 건우는 파르르 눈가가 떨렸다. 그는 고개를 들어 혜원의 품에서 자고 있는 아이를 보았다.

"그, 그런 건 아니에요…."

"거짓말 하시면 가중처벌 됩니다."

"그런 건 진짜 아니에요. 그럼 어떡해요. 애는 울고 여자 친구도 우는데. 어떻게 해요. 어른들은 돈도 제대로 안 주는데 어떻게 해요."

"훔치면서 무슨 생각이 들었습니까."

"이깟 어른들, 이거 얼마 안 하잖아. 그렇지만 이거면 혜원이하고 아이하고 먹일 수 있어…."

결국 건우는 닭똥 같은 눈물을 쉴 새 없이 흘렸다.

"어른을 미워하고 증오한다는 핑계로 남의 것을 훔치는 것이 타당하다고 생각 되십니까!"

탁!

그녀의 손이 책상을 내리쳤다. 흠칫 놀란 건우가 양손을 비볐다.

"용서해주세요. 다음부턴 안 그러겠습니다. 제발요. 저 소년원 가면 안 돼요. 애는 어떻게해요. 제발요, 제발요."

그는 고예인을 향해서 계속 고개를 숙여보였다. 고예인은 들끓었던 화를 진정시켰다.

그는 울음을 터뜨리며 사정없이 비는 건우와 혜원을 번갈아서 한 번 보았다.

그녀는 건우가 진정되기까지를 기다렸다.

분명 건우처럼 법정에서 눈물을 터뜨리며 잘못을 인정하고, 선처를 호소하는 아이들은 무척 많았다.

그렇지만. 대부분 엄격한 벌을 내렸다.

그러나. 건우의 경우는 다른 그 진실성이 보였다.

강태훈이라는 변호사가 굳게 믿고 있는 아이들이여서 그럴까.

아니면 진짜 진심을 아이의 울음에서 봐서일까.

무엇일지 모르지만 혼란스럽다.

다시 건우는 자리로 돌아갔다.

"1호와 4호의 처분으로 선처해주시기 바랍니다."

태훈이 변호인 석으로 돌아왔다. 그녀는 태훈을 보았다.

"변호인."

"네. 재판장님."

"변호인은 그 이야기를 들은 후 어떤 행동을 하였나요."

"무슨 말씀이신지…?"

태훈은 이해를 하지 못했다. 고예인이 작은 웃음을 지었다.

"아이들이 그런 사람들에게 당했다는 사실을 들었을 때요. 가만히 두었나요?"

"찾아가서 혼구멍을 내줬습니다."

"잘하셨습니다."

강태훈 변호사라면 웬지 그럴 것 같다. 라는 생각이 들었었다.

"잠시 휴정 후 2시간 후에 선고하도록 하겠습니다."

고예인 판사는 3호와 5호를 선고했다. 3호의 경우 사회봉사명령을 주는 것이었고 5호의 경우 장기보호관찰이었다. 2년에서 1년이 연장되어 총 3년의 장기보호관찰을 받게 된 셈이었다.

중요한 것은 소년원 송치는 피해갔다는 사실이었다.

이제 남은 것은 두 아이가 생활할 수 있는 생활여건이 주어져야한다는 것인데. 또 하나의 큰 난관이지 않은가 싶은 생각이 들었다.

태훈은 오늘도 여김 없이 사무실로 찾아와 밥을 얻어먹고는 부른 배를 두드리는 두 사람을 보며 묵직한 종이가방을 건네었다.

"이건 뭐예요?"

혜원이 고개를 갸웃하며 종이가방을 열더니 얼굴이 밝아졌다.

"우리 사무실 사람들이 돈 좀 모았어."

종이가방 안에는 아이의 옷가지들과 아기 신발이 들어있었다. 또 다른 종이봉투도 건넸다.

그곳에는 분유와 기저귀 등이 묵직하게 들어있었다.

"감사…"

"당연한 거야. 자네들 나이에 어른들 품안에서 자라는

건. 감사할 게 아니야."

혜원과 건우가 눈물까지 맺혀 그렁그렁 거리며 말하려 하자 한기가 선수를 쳐서 말했다.

두 사람은 이런 어른들도 있다는 것을 새삼 깨닫고 있었다.

두 사람이 돌아가고 사무실 내부에는 꽤나 따뜻한 온기가 남았다.

태훈은 퇴근 후. 곧장 도혜를 만났다.

도혜가 할 말이 있다고 해서였다.

"내가 혜원이하고 건우 집 문제는 해결해 줄 수 있을 것 같아."

"응?"

그녀는 한동안 건우와 혜원에 대해 일체 언급하지 않았다. 그런데 갑자기 집 이야기를 하자 그는 의아했다.

그녀는 카페에 글을 올렸던 것에서 도움을 주고 싶다는 연락을 받았고 그 사람들과 만나 이야기를 나눴다.

그들 대부분이 큰 부자들은 아니었다.

그들도 어려운 형편을 살던 사람들이었다. 그랬기에 수천 만원짜리 전셋집을 얻어준다던가 하는 것은 그들도 불가능했다.

그 때문에 이야기를 나눴는데, 한 사람이 제시한 아이디어가 탁월했다.

두 사람을 기초수급자로 올린 후에 정부의 지원을 받아 집을 얻자. 라는 제안이었다.

기초수급자가 되면 집을 지원받을 수 있게 된다. 가령 예를 들어 보증금 500에 월 40만원을 내야하는 쓰리룸 방이 있다고 가정한다.

그렇다면 정부에서 돈이 지원되기 때문에 보증금 500을 넣고 월세는 약 8-10만원 사이를 넣으면 정부에서 나머지 돈은 대신 내주는 것이다.

그리고 그 들어갈 나머지 8-10만원의 경우는 카페에서 사람들이 모으는 기부지원금으로 5년간 내줄 계획이었으며 가구들 역시도 카페에서 중고로 주거나 혹은 가전제품 등은 구매해서 줄 예정이었다.

도혜가 그 이야기를 해주자 태훈의 얼굴로 웃음이 맺혔다. 그리고 언제 이런 걸 준비했나 싶었다.

태훈이 눈에서 하트를 발사하며 보자 그녀가 헛기침을 했다.

"아기가 길거리에서 잘 수는 없잖아."

"역시 내 여자친구. 우리 뽀뽀나 할까?"

"징그럽게. 확."

그가 입술을 내밀며 다가오자 그녀가 식빵 집어 먹으라고 나온 포크를 들며 위협적인 눈빛을 보냈다. 태훈이 어색하게 웃었다.

그리고 도움은 여기에서 끝난 것이 아니었다.

스마트폰 합의를 볼 당시 뾰로통 하였던 남성에게서 태훈에게 연락이 왔다.

그 아이들 요즘 어떻게 일은 잘 하면서 지내냐는 목소리였고, 이런저런 이야기를 하다가 남성은 일자리 이야기를 꺼냈다.

그는 생각보다 넉넉한 직장을 가지고 있었다. 작지만 경쟁력을 가지고 있는 용접을 주된 업무로 하는 중소기업에서 관리팀장을 맡고 있다고 하는데, 건우가 들어왔으면 한다고 밝혔다.

또한 건우의 경우는 군을 면제받게 된다. 고아원에서 5년 이상을 지냈고 또한 도와줄 가족이 없었기 때문이었다.

그 때문에 남성은 건우가 지금 나이에 열심히만 해준다면 남들보다 더욱 빠르게 일을 시작하는 셈이고, 군대도 제치고 일을 하는 셈이니. 경쟁력을 쥐게 되고 평생 먹고 살 수 있는 건실한 직장을 갖출 수 있을 거라고 했다.

건우에게 이 이야기를 하자 뛸 듯이 기뻐했다.

그도 분명히 경쟁력 있는 직업을 필요로 하고 있었다. 언제까지 아르바이트만 하고 살 순 없었으니까.

또 용접의 경우는 실력만 인정 받으면 월 고수익을 벌어들일 수 있는 직업이었다.

물론 실력을 쌓아야 한다는 게 문제다.

오늘도 어김없이 두 녀석은 사무실에 찾아왔고 함께 나갔다.

내일부터 건우는 출근하기로 했다고 한다.

두 아이가 갈비가 먹고 싶다고 해서 갈비집으로 데려왔다.

한껏 배터지게 뜯었다. 태훈도 마찬가지였다.

그리고 막 지갑을 꺼내 계산하려는데 사장은 빙긋 웃었다.

"방금 나간 남자 아이가 계산 했는데요."

"그래요?"

태훈은 지갑을 품에 넣으며 나갔다.

"네가 뭔 돈이 있어서 계산을 했어."

"저희 내일부터 얻어먹으러 안 와요. 히히."

"그래? 돈 굳어서 좋다."

"에이-"

태훈은 내심 아쉬운 기색이 얼굴에 비춰졌다. 그것을 본 건우가 능글맞게 웃었다.

"고맙습니다. 변호사님."

"뭘? 너희 그거 노예 계약한 거야. 계약서 잘 봐봐. 월급 받으면 20%나한테 주기로 되어있을 걸?"

"헉."

"당연히 뻥이지. 철창 갈 일 있냐."

"알아요. 누가 그런 거짓말에 속아요. 속은 척 해준 거예요."

"그래, 아무튼 일도 잘됐고 보기 좋다. 애기 잘 키우고."

"넵!"

"들어가라."

"안녕히 계세요. 연락 꼬박꼬박 할게요."

두 아이가 꾸벅 고개를 숙였다. 얼마 전 집도 구해져 신축 쓰리룸에서 지내게 된 두 아이다.

태훈은 한참동안 두 아이가 사라지는 모습을 바라봤다.

NEO MODERN FANTASY & ADVENTURE

7: 소녀를 사랑한 남자

소녀를 사랑한 남자

/

　범현의 법률 사무소가 바로 내일이면 첫 개업을 하게 된다. 사무소 앞으로 각종 화환이 들어와 있었다.

　그중에는 오늘 바빠 함께 오지 못한 도혜가 보낸 화환도 있었는데, 화환에는 그녀의 독특한 축하 인사가 적혀 있었다.

　-양아치 이범현. 장사 망해라.

　그 화환을 보면서 두 사람이 한참이나 웃었다. 오랜만에 아디다스 츄리닝이 아닌 멋들어지는 정장을 차려입은 범현은 안을 둘러보는 손님들을 맞이했다.

　그중에는 의외로 범현이 근무하였을 당시의 지청장도 있었다.

물론 지청장은 이범현이 천하의 골칫거리라고 여기긴 했다. 그리고 그는 분명히 자신의 말을 더럽게 들어먹지 않던 검사였다.

그러나 그 덕분에 검찰의 위신이 크게 살았던 적도 있었고, 사실 지청장은 요새 심심했다.

"자네 같은 친구가 없으니 요즘 낙이 없어. 이거 갈구는 맛이 있어야 하는데."

"그거 욕인가요. 칭찬인가요."

"둘 다지."

그는 너털스럽게 웃었다. 범현도 지청장을 좋아하지는 않았지만 이렇게 방문해준 것이 고마운 듯 보였다.

손님들이 한바탕 축하를 해주고 밖으로 나섰다. 태훈은 범현과 술 한 잔 하러 가기 전 한 번 쓰윽 내부를 둘러보았다.

'이범현 법률상담소'라는 이름을 걸고 있는 이 상담소의 크기는 꽤나 넓었다.

혼자 쓰기에는 다소 크다고 느껴질 정도였다.

하나둘 변호사들을 받겠다는 범현의 생각이 엿보였다. 그리고 그중에는 물론 태훈도 껴있었다.

두 사람이 함께 인근의 술집으로 향했다.

이런저런 이야기를 주고 받았다.

"너 사무실 사람들한테는 말했어?"

"김한기 변호사님한테만."

"빨리 말하는 게 좋을 걸. 너 그러다 욕 먹는다."

태훈은 픽 웃었다. 아무래도 그럴 생각이었다. 빠른 시일 내에 말해야할 것 같았다. 가장 걱정되는 사람은 역시나 안효성 변호사다.

단단히 삐질 것으로 추정된다.

태훈은 그의 잔에 술을 채워줬다.

"장사 대박나라."

"고럼, 고래야쥐!"

챙

두 사람이 잔을 꺾어 입 안에 술을 털어 넣었다. '크-!' 하는 감탄사가 동시에 나왔다.

※

적당한 기회를 봐서 사무실 사람들에게 그 이야기를 하려고 생각했는데, 지금이 딱 그러했다.

김한기 변호사님은 바깥에 일이 있어 나갔고, 사무실 사람들끼리 설렁탕을 먹으며 식사를 하고 있었다.

효성은 허겁지겁 밥을 먹고 있었는데, 태훈이 조심스레 운을 떼며 그 이야기를 꺼냈다.

그 이야기를 꺼내자 게눈 감추듯 밥을 먹던 효성이 눈을 휘둥그레 뜨더니 입안에 음식물을 가득 넣은 채 그대로 멈췄다.

"죄송합니다."

"뭐가 죄송해. 그건 강태훈 변호사의 선택이지."

태훈이 씁쓸한 표정으로 살짝 고개를 숙이자 채수진 변호사는 허탈하다는 듯이 웃었다. 자신들이 그의 선택에 뭐라고 말을 하는 것도 우스운 상황이었다.

단지, 서운하고 아쉬운 기분이 들었다.

이태영 변호사도, 채수진 변호사도 그랬다. 태훈으로 인해서 자신들이 어느 정도 변화하게 되었고 진짜 변호사로서의 자격지심을 요즘 여느 때보다 크게 느끼고 있었다.

그리고 효성은 여전히 그 표정 그대로 태훈을 보고 있었다.

태훈이 조심스레 그에게 시선을 돌리자 그는 다시 설렁탕을 허겁지겁 먹더니 뚝배기를 들고서는 그대로 마셨다.

"크어- 좋다. 역시 이 집 설렁탕이 최고지."

그는 부른 배를 두들기며 태훈에게 아무런 말도 하지 않았다. 삐졌나? 충분히 안효성 변호사의 밴댕이 소갈딱지 같은 성격이라면 그럴 수도 있다고 태훈은 생각했다.

식사를 끝내고 나섰다. 사무실 인근에 도착하고 이태영 변호사와 채수진 변호사는 먼저 들어갔다.

두 사람은 비흡연자였다.

"아으, 담배 끊어야 하는데. 오르는 건 세금이요. 그대로인건 내 월급이지."

효성은 담배 한 가치를 입에 물며 혀를 찼다. 태훈도 조심스레 담배를 입에 물었다.

효성은 아무런 말도 하지 않고 담배만 뻐끔거렸다.

"안효성 변호사님."

"왜?"

"죄송합니다."

효성은 대충 그가 말하는 것이 무엇인지 짐작했지만 의아한 표정으로 고개를 갸웃했다.

"강태훈 변호사 뭐 나한테 잘못했어? 뭐가 죄송해?"

"그게…."

"흐음. 혹시 내 서랍에 있던 박카스 훔쳐 먹은 게 너였더냐?"

그는 눈을 가늘게 뜨며 물었다. 태훈은 죽을 맛이었다. 뭐라고 말을 꺼내야할지 모르겠다. 효성이 툭 그의 어깨를 쳤다.

"강태훈 변호사. 사람은 다 자기 그릇이 있는 거고. 여러 일에 도전해보는 게 좋아. 강태훈 변호사는 실력도 있고 하니까. 사선 변호사가 된다면 아마 대박을 칠거야. 자기가 하고 싶은 일 한다는데 내가 뭐라고 한다는 게 조금 이상하잖아. 물론 조금 서운하기도 한 대. 어쩔 수 없는 거 아니겠어?"

 태훈은 고개를 끄덕이면서도 한 편으로는 놀랐다. 그가 이렇게 가슴이 넓은 사람이었던가?

 "어때, 나 좀 멋있지 않았어. 방금?"

 "하, 하하."

 태훈은 어색하게 웃었다. 효성은 실실 거리며 웃었다.

 "아무튼 무슨 일을 하든 잘해봐."

 "넵."

 "사무소 망해가지고. 밥 좀 줍쇼하고 우리 사무실 기웃 거리지 말고. 알겠어?"

 "그건 걱정 안 하셔도 됩니다."

 "아니야, 난 그게 걱정돼. 밥 달라고 우리 사무실 기웃 거릴까봐."

 효성은 허울 없는 농담을 했고, 태훈은 그 농담에 힘차게 웃었다.

❈

 태훈의 차량이 부모님이 살고 계시는 집에 도착했다. 도혜와 함께 내려온 것이다.

 이제 정말 상견례를 해야 할 때가 다가오고 있었다. 저번에는 도혜의 부모님을 뵈었으니 이번에는 도혜가 태훈의 부모님을 뵈어야 했다.

더군다나 오늘의 경우는 집에 누나인 혜지도 있었다. 도혜는 잔뜩 긴장되었다.

태훈의 부모님은 현재 전국적인 체인점을 운영하고 계신 분이었는데, 식당 업주들로부터는 전설적인 존재로 거론된다고 들었다.

그리고 누나의 경우는 설명이 필요 없었다.

아파트는 42평의 아파트. 아주 예전에 혜지가 부모님에게 사드린 집이었는데, 아직도 이곳에서 거주하고 있었다.

혜지와 태훈이 더 좋은 곳으로 이사 가도 되지 않냐고 몇 번이나 말했지만 두 분은 더 넓어봤자 난방비만 더 든다며 굳이 이곳에서 거주하고 계셨다.

엘리베이터를 타고 올라가 벨을 눌렀다.

안쪽으로 누나의 흥분된 목소리가 들렸다.

"왔다! 왔어!"

도혜는 긴장된 기색이 역력했다.

문이 열리고 모습을 드러낸 건 누나였다.

혜지는 이제 40대에 접어들었음에도 불구하고 아직 20대 중반이라고 해도 믿을만한 외모를 갖추고 있었다. 또한 3개월 전에 예전의 그 감독하고 결국 결혼식을 치러 이제는 유부녀가 되어있었다.

"누나 오랜…."

"넌 저리 비켜!"

태훈도 누나는 근 몇 개월 만에 보는 것이었기에 활짝 웃었다. 누나가 평소처럼 털털하게 '왔냐?'라도 해주길 바랬건만 앞으로 한 발자국 걸어온 태훈을 밀치고는 도혜에게 웃어보였다.

"호호, 오는데 힘들진 않았나요?"

"네."

도혜는 정중히 고개를 숙여보였다. 혜지는 빙긋 웃으며 그녀의 팔을 잡고는 안으로 이끌었다.

부모님이 활짝 웃으며 나오셨다.

"아버지, 어머니 저 왔…."

태훈의 말은 부모님에게 들리지 않는 듯 후다닥 도혜에게 다가서는 두 분이었다.

"오호호! 우리 며늘 아가 왔니이?"

"이거 아주 삭시가 예쁘구나. 그래, 서울 중앙지방 검사라고?"

"네, 아버님 어머님. 안녕하세요."

"어머니. 저 배고…."

태훈은 픽 웃다가 자신의 배를 문지르며 말하려 했지만 이미 두 분. 아니 세 사람은 도혜를 데리고 주방으로 들어갔다.

평소 같았으면 아들 왔냐면서 자신부터 챙겼을 것인데,

괜히 쓸쓸함이 밀려왔다. 주방으로 오자 이미 네 사람은 도란도란 웃으며 앉아있었다.

4인용 식탁이었기에 의자가 없었다.

"난 어디에…."

"아무거나 대충 가져와서 앉으면 되지. 그래, 우리 며늘아가. 일이 힘들지는 않고? 이거 먹어보렴."

어머니는 태훈에게 눈길도 주지 않고 도혜의 밥숟가락 위에 잘 바른 갈치를 얹어주었다.

그녀가 밥을 한 숟가락 떠 입에 넣었다.

"어머니."

"맛있어요. 어머님."

"오호호호! 어머님이래. 딸이 한 사람 더 생겼구나. 이렇게 예쁜 딸 아이라니."

"허허! 우리가 딸 하나는 예쁘게 낳은 것 같소!"

"그럼요! 그럼요!"

두 분은 도혜가 그렇게 좋은 것인지, 그녀가 뭐만하면 웃고는 했다. 태훈은 방에 들어가서 책상용 의자를 가져와 앉았다.

"어머니 제 밥은."

"네가 떠다 먹어. 네가 몇 살인데. 우리 태훈이가 이렇게 아직 철이 덜 들었어."

"호호호, 아니에요. 태훈 씨가 얼마나 늠름하고 멋진데요."

'얼씨구? 이 사람들이 정말.'

언제부터 자신이 '태훈 씨'가 되었고 언제부터 자신이 철도 안 든 남자가 되는지는 모르겠다. 태훈은 갈치를 맛보기 위해 젓가락을 올렸는데 어머니가 그 접시를 도혜의 앞으로 끌어갔다.

죄다 맛있는 음식은 도혜의 앞으로 났다.

태훈에게 너무나 먼 곳이었다. 그는 젓가락을 빨았다.

"야, 가서 국 좀 더 떠와."

양반 다리를 하고 의자에 앉아 도혜를 살피면서 밥을 먹던 누나가 태훈의 어깨를 툭 치며 한 말이다.

그는 한숨을 쉬며 몸을 일으키고는 국을 떠서 그녀에게 건넸다.

모두의 관심사는 도혜에게 향해있었다.

그녀의 손짓 한 번에 부모님과 혜지는 열광했고, 그녀가 음식을 입에 넣으면 '먹는 것도 참 예쁘구나!'라는 감탄사가 나왔다.

도혜는 생글생글 자신을 부드럽게 반겨주는 가족들에게 기분이 좋은 듯 보였다.

반면, 오랜만에 집에 내려와서 북어국에 김치 나물 찬만을 떠먹는 태훈은 밥을 다 먹고 몸을 일으켰다.

평소 같으면 '더 먹어 아들-' 했을 것이다. 그러나 오늘은 아무도 그를 잡는 사람이 없었다.

태훈은 베란다로 나왔다. 꽤나 높은 층이었기에 사람들이 개미만큼 작게 보였다. 담배를 입에 문 그는 불을 지피며 중얼거렸다.

"아휴, 내 팔자야."

※

식사를 끝내고 이야기를 하면서도 부모님은 태훈은 거들떠보지도 않고 도혜와 이야기를 나눴다.

부모님도 태훈이 어서 빨리 결혼했으면 좋겠다는 표정이셨다.

"난 더도 말고 덜도 말고 딸아이 둘에 아들 하나만 있었으면 좋겠구나."

"나도 어서 손주가 보고 싶구나."

두 분의 말에 도혜는 그저 입을 막고 웃었다.

서둘러 상견례를 하자는 이야기가 오갔다. 도혜도 고개를 끄덕였다. 그 의미는 도혜의 부모님도 태훈을 무척 마음에 들어 한다는 것이었다.

밖에 나갈 때까지 부모님은 '우리 아가' '우리 며느리' 하였고 태훈은 뒷전이었다.

"나 갈게."

"어머님아버님 다음에 뵙겠습니다."

"그래, 어여 들어가라. 어여."

부모님이 손을 휘휘 저어주었다. 엘리베이터를 타고 내려와 차로 향하는데 어머니의 목소리가 들렸다.

"며늘아가!"

도혜와 태훈의 시선이 절로 위로 향했다. 베란다에서 세 사람이 함께 둘을 내려다보고 있었다.

어머니는 하트를 만들어보였다.

"주책이셔."

태훈은 입이 뽀로퉁 나와 말했다. 도혜는 옆구리를 때린 후 하트를 만들어보였다.

"오호호!"

"호호, 다음에 또 오겠습니다!"

"조심히 들어가려무나!"

세 사람이 함께 손을 흔들어대었다. 두 사람이 차량에 올랐다.

"가족 분들이 되게 좋으신 것 같아."

"그래? 그런가보지 뭐."

태훈은 입이 대쭉 나와 투덜거렸다.

오늘 하루 정말 찬밥신세만 된 태훈이다.

앞으로도 그렇게 되지는 않을까 걱정이다.

에휴.

들리지 않는 한숨을 쉰 태훈의 차가 다시 서울로 향하기 시작했다.

※

 7개월이라는 시간이 지나가는 것은 금방이었다. 몇 개월 뒤에는 이제 태훈은 국선 변호인 자리에서 벗어나 사선 변호사로써 범현과 동업을 하게 될 것이었다.
 2개월 전 쯤에는 도혜의 가족과 태훈의 가족들이 만나 결혼에 관련한 이야기를 하였다.
 두 측 모두 서로에 대해서 무척이나 만족하고 있었으며 배려하고 존중하였다.
 특히나. 도혜의 부모님의 경우는 날 때부터 난 집안이라고 금수저를 물고 태어나신 두 분이었다.
 반대로 태훈의 부모님의 경우는 낮은 곳에서 높은 곳으로 선 경우에 해당되는 편이었다.
 때문에 도혜의 부모님이 얕잡아 볼 수도 있다고 생각할 수도 있지만 두 분은 예의와 덕망을 갖춘 분이었으며 태훈의 부모님에게 최대한의 예의를 갖춰드렸다.
 부모님도 그런 도혜의 집안에 무척이나 좋아하셨다.
 결혼 날짜가 잡혔다.
 내년 7월 예정이다.
 지금이 9월 달이었으니 결혼까지 약 10개월 정도의 시간이 남은 셈이었다.

그리고 범현의 법률 상담소는 역시나 사람들로 북적거렸다. 현재 그는 작은 일을 해줄 인턴 두 사람을 고용해 일을 진행하고 있었는데, 만나기도 쉽지 않을 정도로 범현은 바빠져 있었다.

그리고 태훈은 언제나처럼 자신의 국선 변호 업무에 최선을 다하며 지내고 있었다.

태훈은 사무실로 들어오는 스물 여섯 정도 되어 보이는 남성을 볼 수 있었다.

고개를 숙여 인사하며 상담실로 안내했다.

그는 한 눈에 봐도 꽤 힘든 일을 하고 있는 사람 같았다. 새까만 피부와 몸에 울긋불긋 드러난 잔 근육, 거친 피부가 인상적이었다.

"커피 한 잔 하시겠어요?"

"네."

태훈은 믹스커피를 타서 그의 앞에 내려놨다. 그는 쭈뼛거리고 있었다.

국선 변호사 사무실을 찾아온 남성 이진영은 이 이야기를 어떻게 시작해야할지 다소 민망했다.

잠시 머뭇거리던 그는 첫 운을 떼었다.

"제가 얼마 전에 성폭행 혐의로 마찰이 생겼습니다."

"성폭행 혐의요?"

성폭행 혐의라는 말에 태훈의 얼굴이 조금 굳어졌다. 전말은 모르지만, 성폭행이라는 말만 들어도 썩 유쾌하지는 않았다.

그는 역시나 민망한 표정으로 말을 이어갔다.

"처음 만난 건 소개팅 어플을 통해서였어요. 제가 지금 건설업에 종사하고 있거든요. 아무래도 힘든 일을 하다보니까 많이 외롭기도 하고 새벽 6시에 나가서 7시에 돌아오고 하니까. 사람 만나기도 쉽지 않고 해서 여자 좀 만나보겠다고 소개팅 어플을 깔았습니다."

소개팅 어플이라는 것을 운운하며 그는 고개를 들지 못했다. 소개팅 어플을 하는 사람은 대게 외로운 사람들일 것이다.

그리고 스스로에게 떳떳하지 못할 것이고 다른 이들에게 그 사실을 밝히지 못할 것이다.

'나 인맥 없어서 소개팅 어플로 여자 구한다.'

라는 것은 부끄럽게 다가오기 충분했으니까.

"그리고 여자아이를 한 명 만나게 되었어요. 나이는 스무 살이고 이름은 엄수연이라는 아이."

태훈은 묵묵히 이야기를 들으며 커피로 입을 축였다. 그러면서 김진영의 얼굴을 살폈다.

뭐지?

태훈은 촉이 팍 하고 왔다. 이 사건은 단순한 성폭행 사건이 아님을.

지금 이진영의 표정이 말해주고 있었다. 지금 그는 성폭행 혐의를 가지고 있는 것인데, 엄수연이라는 여자아이의 이름이 나오자 자신도 모르게 작은 웃음이 스쳤다가 지나갔다.

그리고 목소리도 그러했다.

"되게 귀엽고 예쁜 친구였어요. 저보다 여섯 살 어려서인지 모르겠는데. 하루 이틀 만나서 같이 밥도 먹고, 술도 마시고 외로움도 서로 달래고 그랬습니다. 제가 챙겨주기도 많이 했고, 엄수연이라는 여자아이가 절 챙겨주기도 했어요. 그러다보니 자연스레 스킨십도 하게 되고. 그랬죠."

태훈은 고개를 끄덕였다.

스물 여섯 건장한 청년과 스무 살 여자아이가 스킨십을 하는 건 전혀 이상할 게 없었다.

"그러다 성관계를 가지게 되었어요. 그런데 갑자기 2개월 동안 연락이 뚝하고 끊어지더군요. 그리고 전화가 왔습니다."

그의 얼굴로 난감한 기색이 여렸다.

"수연이의 아버지라는 분이었는데, 관계를 가진 사실을 알고 있다. 라고 말씀하시더군요. 제가 강제추행을 했다고…"

뭔가 이상했다. 남자와 여자는 합의하에 관계를 한 것이다. 또 여자가 미성년자도 아니고 문제 될 것이 있는가?

물론 다양한 형태로 사건이 진행될 수 있기에 일단 계속 경청했다.

"당신은 지금 지적 장애인을 강간한 혐의라고."

"네?"

태훈은 이어진 그의 말에 화들짝 놀랐다. 지적 장애인을 강간한 혐의? 그 말은 엄수연이라는 여자아이가 지적 장애인이라는 말로 들렸다.

"맞습니다. 지적 장애인 3급이더군요. 그러면서 하시는 말씀이 고소하는 게 맞지만 딸 아이의 상처를 생각해서라도 더 이상 피해 입지 않게 되도록 빨리 이 일을 끝내고 싶으니 합의를 해달라고 했습니다. 1천 만원에."

"이진영 씨께서는 엄수연이라는 여성 분이 지체 장애인이라는 사실을 전혀 몰랐나요?"

"예. 모르고 있었습니다. 저도 놀랐어요. 가끔씩 손톱을 심하게 물어뜯거나 불안해 보이는 모습을 보이긴 했어도 그게 장애가 있을 거라는 생각은 못 했죠. 그냥, 안 좋은 습관이 있구나. 했을 뿐이에요. 또 엉뚱한 아이구나. 라고 넘겼죠."

사람들은 대게 '장애인' 이라는 언급에 대게 어딘가 모자르고, 그 불편함이 보이는 사람을 떠올린다.

태훈도 마찬가지였다.

예를 들어 시각 장애인 하면 눈이 안 보이는 사람. 청각 장애인은 귀가 들리지 않는 사람으로 여기며 그 구별은 어렵지 않다.

말을 나눠보면 되니까. 그가 지팡이를 짚고 다니는 것을 보면 되니까.

그렇지만 지체장애인 3급의 경우는 학습 능력이 현저히 떨어지는 편이지만 일상생활에서는 크게 그 표가 나는 편은 아니다.

"그렇다면 이진영 씨는 현재 그 사건에 관련해서 자문을 받고 싶으신 건가요?"

진영의 말을 토대로 하면 두 사람이 합의하에 하였던 관계였고 꽤나 지속적으로 만남을 가졌었다.

그 사실을 입증만 하게 된다면 어려운 사건은 아니었다. 걸리는 것은 지체장애인이라는 그녀의 신분이었다.

"이 사건도 있지만 수연이 일 때문에…."

그는 말을 하기 조금 망설였다.

태훈의 눈이 일그러졌다. 역시나 예상했던 것처럼 다른 무언가가 있었다.

"그 전화가 온 후 며칠 뒤에 저한테 공중전화로 전화가 왔어요."

"공중전화로요?"

"네."

굳이 그녀가 공중전화로 그에게 전화를 한 이유는 무엇

일까.

"자기가 미안하다고 말하더군요."

그 미안하다는 의미는. 이진영을 몰아간 것에 대한 미안하다는 의미일 것이다. 실상, 두 사람은 합의하에 한 관계였다.

그런데 엄수연에 의해서 강간범으로 몰리게 된 이진영에게 사과하는 것이다.

그런데 듣고 보면 다른 혹이 분명히 있었다.

여성은 관계를 가졌고 2개월간 연락이 없었다.

그리고 아버지로부터 연락이 왔다.

경찰에 신고도 하지 않은 채 조용히 일을 끝내고 싶다.

1천 만원을 요구.

여자아이는 자신의 휴대전화가 아닌 공중전화로 전화를 했다. 그리고 여자아이는 지체장애인이다.

"설마…."

"네, 그 설마가 사실입니다."

태훈의 커졌던 눈이 이진영의 대답에 일그러졌다.

"들어보니 수연이가 저처럼 성관계를 맺은 후에 아버지가 접근해 돈을 갈취해간 사람이 꽤나 많았답니다. 수연이 말로는 아버지가 모두 시킨 일이라고 하더군요."

참 세상이 어찌 돌아가는지 모르겠다. 태훈은 말이 턱 막혔다. 그 말은, 지체장애인인 딸 아이를 이용해서 합의금 장사를 하고 있다는 사실이다.

"수연이는 저한테는 미안하다고. 저한테는 그러고 싶지 않았다고. 그래서 숨기려고 했는데 되지 않았다고 하더군요."

드라마틱한 상황이 와버렸다. 생각해보면 소개팅 어플에서 남자는 주로 여성과의 관계를 위해 어플을 하는 경우가 비일비재했다.

원나잇을 위해서 어플을 한다는 의미다.

그렇지만 이진영은 첫 날 그녀와 만났을 때 손조차 대지 않았고 좋은 오빠 동생으로써 맛있는 것도 먹고 영화도 본 것이다.

그것은 두 번째 만남. 세 번째 만남에서도 이어진 것이다.

이진영은 엄수연에게 자상했고 그녀는 항상 어플로 만나면 그 당일 날 관계를 맺고 아버지가 합의금 장사를 위해 전화를 하고가 반복되었는데, 이진영은 다른 남자들과 다르기 때문에 엄수연도 진심이 생긴 것이다.

그리고 이진영은 지금 진심 그대로였다.

이 상황에서 이진영이 아버지에게 당했으니 엄수연은 미안하다고 전화를 한 것이다.

"자기 좀 도와달라고 하더군요. 아버지하고 더 이상 살고 싶지 않다고. 들어보니까. 아버지도 수연이 몸에 손을 댄 것 같더군요. 이런 상황에 어찌해야하는지 모르겠어서… 변호사님을 찾아왔습니다."

태훈은 고개를 끄덕였다. 지금 이진영이 온 것은 그 합의에 관련한 법적 자문이나 재판으로 갔을 시에 싸울 변호사를 필요로 하는 것이 아니라. 법적 지식을 갖추고 있으면서도 한편으로는 그 아버지에게서 엄수연을 빼내 줄 수 있는 사람을 필요로 하는 것이다.

"무슨 이야기인지 잘 알겠습니다. 일단 중요한 것은, 엄수연 양이 아버지에게 폭행 및 협박을 통해 그 일을 '강요' 받았는지에 대해서 알 필요가 있습니다."

이진영은 태훈의 말 한 마디를 놓치지 않게 귀를 기울였다. 진심으로 그녀를 그 지옥 같은 사람에게서 빼내고 싶었다.

"그리고 앞서 그 일을 진행하기 위해서. 이진영 씨가 합의하에 관계를 가졌다는 사실이 증명되어야 합니다. 즉, 엄수연 양이 경찰에서 직접 사실 그대로를 진술해야 한다는 겁니다. 그렇지 않게 된다면 법정공방에서 가려야한다는 것인데, 그럼 일이 복잡해지겠죠."

"그게 쉽게 될까요?"

태훈은 쓰게 웃었다.

"법조인들은 법으로도 싸우지만. 인맥으로도 싸웁니다."

진영은 고개를 갸웃했다.

"같은 사법 연수원 동기들이 전부 검사, 변호사 판사니까요."

"아."

그 말은 태훈이 직접 검사에게 찾아가 이야기를 나눠보겠다는 이야기였다.

이진영은 고개를 끄덕였다.

"이 사건이 만약 전부 사실로 밝혀지면 그 아버지란 사람은 법적 책임을 피할 수 없을 겁니다."

태훈은 낮고 힘 있는 목소리로 말했다.

일단은 사건정황에 대해서 더욱 탄탄히 확실하게 할 필요가 존재했다.

이진영은 다행이도 그녀와 만나면서 카톡을 주고 받았던 대화내용을 전부 가지고 있었다.

이진영과 엄수연의 대화 내용은 마치 연인과 다를 바가 없었다. 또 카카오톡 메시지를 주고받은 간격을 보면 2분 단위였다.

확인하자마자 대게 답장을 보냈다는 것이거나 서로의 연락을 기다렸다는 것이다.

두 사람의 마음이 카카오톡을 통해서 그대로 전달이 되었다.

"제가 전화를 드리도록 하겠습니다."

"네."

그의 휴대폰 번호를 받은 태훈은 나서는 그에게 목례를 취했다.

그가 밖으로 나서고 태훈은 힘이 빠진 듯이 자리에 앉았다.

"별 개 쓰레기 같은…."

정신지체 장애인 딸 아이를 이용해 합의금 장사를 한다? 그것도 성을 이용해서?

그 아버지란 작자의 낯짝을 서둘러 보고 싶었다.

태훈에게 가장 가까운 검사라고 하면 당연히 도혜였다. 도혜에게 자초지종을 설명하였다. 태훈은 진영과 함께 도혜의 사무실로 향했다.

사무실로 들어오자 도혜가 몸을 일으켰다.

이진영은 숨이 막혔다.

'안도혜 검사.' 라고 써져있는 패 앞에 선 여인은 너무나도 아름다웠기 때문이다.

살면서 이진영이 본 여자들 중에서 손에 꼽을 정도였다.

두 사람이 자리에 앉았다.

자초지종은 태훈에게 들었고, 더욱 자세한 이야기를 진영이 하기 시작했다.

그 이야기를 듣자 사무실 내의 수사관들이 도혜를 보았다.

그들의 예상이 딱 맞아 떨어졌다.

"이런 개새끼…!"

"흠."

"아, 저도 모르게."

진영은 저 아름다운 입에서 흘러나온 힘 있는 욕설에 흠칫하고 놀랐다. 태훈이 헛기침을 하자 그녀가 그제야 살짝 진영에게 목례를 취했다.

"그럼 지금도 합의 전화는 계속 오고 있는 건가요?"

"네. 일단은 제가 시간을 좀 달라고 했는데, 매일 같이 전화를 해서 경찰서 가기 전에 빨리 입금해 달라고 하더군요."

"경찰서로 오지. 그 자리에서 잡아넣게."

도혜가 픽 웃으며 말했다.

"일단은 정황을 확보해서 그 아버지라는 사람을 구속수사 할 겁니다. 그래야 일단 엄수연 양의 안전이 보장이 되니까요. 그리고 엄수연 양에게도 이제까지의 사건의 전말에 대해서 확실하게 진술 받을 필요가 있습니다. 실상, 이진영 씨의 진술은 확실한 부분이 없으니까요."

진영은 고개를 끄덕였다. 그랬다. 자신은 그녀가 아니었다. 그녀가 하는 진술이 훨씬 더 힘이 클 것이다.

"수연이 말로는 이 일을 2년 동안 해왔다는데."

2년 동안이라는 말에 두 사람의 얼굴이 일그러졌다. 2년 전이라면 엄수연이 열 여덟 살 미성년자일 때였다.

그 어리고 남들보다 부족한 아이를, 아버지란 이름으로 합의금 장사의 수단으로 성을 주는 행위를 하다니.

용서할 수가 없었다.

도혜는 이 사건에서 최대한 자신이 힘 써볼 생각이었다. 같은 여자로써 수연이라는 아이가 무척이나 안타까웠다.

태훈은 그런 그녀의 마음을 읽어냈다.

"2년 동안 어떻게 한 번도 신고한 사람이 없었을까요."

이진영은 의아한 표정으로 도혜를 보았다. 그녀는 작은 한숨을 쉬었다. 사실 이런 사건이 꽤나 있었다.

"얼마 전에 비슷한 사건이 있었어요. 엄수연 양과는 조금 다른 케이스이긴 한데, 10대 미성년자들이 채팅 어플을 통해서 남자를 구합니다."

진영은 10대의 미성년자들 이야기에 눈살을 찌푸렸다. 그런 어린 친구들이 과연 얼마나 큰 범죄를 저질렀을까.

도혜의 입에서 흘러나온 말을 들은 태훈도 진영도 놀랄 이야기였다.

"남자 아이들이 다섯 명. 여자 아이들이 두 명이었어요. 계속해서 소개팅 어플을 통해서 여자아이들은 남자들을 찾죠. 능력 있고 좋은 차 타고. 좋은 집에. 나이 있는 사람들. 그리고 조건만남을 이야기하며 모텔로 유인합니다."

그녀는 말을 하면서도 자신이 짜증이 나는 듯 인상이 구겨졌다.

"두 사람이 함께 모텔로 들어가고 돈을 주고 받고 남자가 옷을 벗는 순간에 기다리고 있었던 아이들이 안으로 들어와 폭행을 하는 거죠."

"아…."

"자신들을 방금 관계를 맺으려 했던 아이의 친한 오빠들이다. 당신 지금 뭐하는 짓이냐 식으로 몰고 가면서 합의금을 요구하는 겁니다. 그런 상황이었다면 남자는 그 돈을 줄 수 밖에 없어요. 그리고 경찰에, 다른 누군가에게 절대 알리지 않을 겁니다. 돈이 있다는 것은 사회적인 지위를 어느 정도 가졌다는 것이고, 나이가 어느정도 있다는 건 가족이 있겠죠. 또 부끄러워서 어디 가서 말이나 하겠어요? 어린 미성년자를 상대로 조건만남을 하려고 했다는 것을. 차라리 아까워도 돈을 끌어와서 내는 거죠."

진영은 고개를 끄덕였다. 어째서 아직까지 수연의 아버지가 경찰에 신고 당하지 않았는지 눈 앞에 보였다.

남자들은 그 사실을 지인들에게 다른 이들에게 들키기 싫었을 것이다.

만약 친구에게라도 그 사실이 전해지면 친구에게 그는 지적 장애인과 어플을 통해 만나 관계를 맺은 나쁜 놈!

이라는 인식이 생기기 때문이다.

그 때문에 누구도 경찰서는 쉽게 발걸음 하지 못하고 스스로의 힘으로 해결하려 했을 것이다.

그러고 보면 수연이도 첫 만남 당시 직업과 하는 일, 수입 등을 세세하게 물어봤던 것 같다.

"이런 식으로 계속해서 지능형 범죄가 늘고 있어요. 참 스마트폰이라는 게 편하긴 하지만 범죄에 악용되기도 하죠. 요즘은 스마트폰만 있어도 돈을 입금이 바로 가능하니까. 보이스 피싱도 과거보다 훨씬 늘었구요."

편리한 만큼, 사기를 당할 확률도 높아진다는 것이다.

"참 수연 양한테는 그때 이후로 연락이 오고 있나요?"

"아니요."

"음, 일단은 연락이 와야 하는데."

"위치추적…."

도혜가 난처하다는 표정을 짓자 진영은 의아한 표정을 지었다. 휴대폰을 통해서 위치추적을 하면 되지 않냐는 거다.

도혜는 고개를 저었다.

"사람들 인식처럼 위치추적이 그렇게 쉽게 되는 건 아니에요. 경찰이나 검찰이라고 해서 그런 권한을 무조건적으로 가지고 있는 건 아니거든요. 일단은 엄수연 양에게 전화가 와서 신고를 접수를 받고 집에 가서 두 사람을 떼어 놓아야한다는 거죠. 그러니까 이진영 씨는 그녀에게 전화가 오면 곧 바로 집주소를 확인한 후에 저희에게 말씀해주시면 사건정황을 조사할 겁니다. 그리고 그 조사를 토대로 구축이 되면 곧 바로 구속영장을 신청하는 게 쟁점입니다. 번거롭지만 이렇게 하는 이유는 만약 저나 경찰이 지금 아버지 번호로 전화를 한다면 예기치 못한 상황이 발생할 수도 있습니다."

"아…."

어째서 도혜와 경찰이 섣불리 움직이지 못하는지 이해한 진영은 낮은 탄식을 흘렸다.

만약 지금 도혜가 전화해서 출두하라고 한다면 과연 수연은 무사할까?

딸의 성을 이용해서 합의금 장사를 하는 사람이다.

결코 정상적인 생각을 가진 사람이 아니었고 어떤 돌발 행동이 이어질지 모르는 것이다.

때문에 일단은 수연이 전화를 한 후에 그녀와 접촉하여 안전을 확보하는 게 우선이었다.

"빨리 전화가 와야겠네요."

그는 무척이나 걱정스러운 기색이었다.

그녀에 대한 걱정이 그에게 한껏 드러났다.

지금 그녀의 일로 일주일간 일도 나가지 않고 있다고 하니 마음고생이 훤히 보였다.

진영은 힘없이 집으로 돌아가 그녀의 연락을 기다렸다.

❄

　수연에게 연락이 온 것은 바로 다음 날이었다. 다행인 일이었다. 이진영은 다행이도 침착하게 대처했다고 한다.
　그녀에게 도움을 주겠다고. 검사와 경찰들과 함께 그곳으로 가서 구해주겠다는 말을 했다고 한다.
　그녀는 지금 밖에 나와 있다고 했다. 아버지가 또 한 번의 만남을 주선하면서 그 위치와 장소를 알려주고 휴대폰을 준 것이다.
　아마도 휴대폰은 그녀가 만남을 하러 나갈 때에만 주고 평소에는 아버지가 관리하는 것 같았다.
　도혜는 곧장 그녀가 있는 장소로 차를 타고 향했다.
　태훈에게는 진영이 연락을 했었는데, 태훈도 막 도착했다.
　함께 카페로 들어가자 한 여자아이가 있었다. 누추한 차림새의 여자아이는 귀여운 인상이었는데, 조금은 어리버리한 표정을 짓는 것이 더욱 더 그런 인상을 강하게 주었다.
　태훈과 도혜를 보자 그녀는 거리낌을 느끼는 듯 했다. 낯선 사람을 경계하는 것이다. 이처럼 낯선 사람을 경계하는 그녀가. 외딴 남자들과 만나 성관계를 가졌다.
　어떤 일이 벌어질지 모르는 그곳에서.
　참으로 무서웠을 것이다.

그녀를 어르고 달래 함께 경찰서로 향했다.

도혜는 수사반장에게 아이를 배려하여 놀라지 않게 조심히 수사를 진행해주기를 반복해서 말했다.

진영에게는 이 경찰서에서 함께 있어주라는 말을 했다. 태훈도 경찰서에 함께 남기로 했다.

도혜는 곧장 수사관 한 사람과 경찰 한 사람을 대동했다.

"다녀올게."

그녀의 신변을 확보하였고 그녀가 진영에게 하였던 말이 사실인지에 대한 여부를 들었다.

그녀는 곧장 구속영장을 신청하였다.

그녀가 나서고 태훈은 묵묵히 이야기를 들었다.

경찰관은 참담한 표정으로 갑갑한 지 키보드를 두들기는 소리가 거칠었다.

"그러니까 아버지께서 채팅어플에서 수연 양인 것처럼 연기해서 남자의 직업과 타고 다니는 차 등을 확인 했다는 거죠?"

"네, 네, 네. 마, 맞습니다."

그녀는 어눌한 말솜씨로 반복해서 대답했다.

"그리고 나갈 때마다 남자들과 관계를 맺었고 아버지는 곧장 그 사람에게 전화를 해서 합의금을 요구했다는 거구요."

"네네네."

"흐음…."

서른 초반 정도로 보이는 안경을 낀 경찰관은 낮은 신음을 흘렸다. 일단 그녀와 관계를 맺은 남자들이 부끄러운 짓을 하긴 했지만 그들은 잘못이 없었다.

금전이 오간 것도 아니었고 일단은 그녀가 모텔에 가는 것을 수긍해 관계를 맺었기 때문이다.

문제는 아버지 쪽에서 발생하는 것이다.

마치 강간을 당한 것처럼 언급을 하면서 합의금을 요구했다.

실상, 여성들이 합의하에 관계를 가져놓고 합의금을 받기 위해 거짓 신고를 하는 횟수도 증가하고 있었는데, 이 건의 경우 그것보다 더욱 더 치밀해진 범죄였고, 빌어먹을 사건이었다.

"혹시 몇 명 정도였는지 기억 하시나요?"

그의 물음에 수연은 손을 펼쳐 숫자를 세기 시작했다. 그렇지만 정확한 숫자는 모르겠다는 듯이 고개를 저었다.

그만큼 숫자가 꽤나 많다는 의미일 수도 있다. 경찰관은 담배가 땡기는 것인지 엄지와 검지가 달싹 거렸다.

"그리고 혹시 아버지가 본인의 몸에도 손을 댄 적이 있나요? 혹시 성기를 몸에 부빈다거나, 가슴을 만진다거나 하는 행위요."

성기라는 것이 잠시 뭔지 고개를 갸웃했던 그녀는 고개를 끄덕였다.

"예쁘다면서 남들만 주기에는 아깝다면서 가슴을 만졌어요. 꼭지를 손가락으로 만졌어요. 입으로 사탕처럼 빨았아요. 밑에도 손으로 만졌어요. 거기에 다른 남자들처럼 자기 고추를 넣었어요. 또 엉덩이에…."

"그렇군요."

컴퓨터를 두들기는 경찰관의 눈빛이 오묘해졌다. 이 새끼는 천벌을 받아야할 새끼다.

이진영은 그런 말을 대수롭지 않게 뱉어내는 수연을 보면서 한숨을 쉬었다.

그 소리를 들은 것인지 뒤를 돌아 진영을 한 번 본 그녀는 작게 웃더니 그의 큼지막한 손을 자신의 손으로 잡았다.

진영은 괜스레 가슴이 아련했다.

어쩌면 누군가에게는 한 없이 더러운 여자아이였다.

그렇지만 자신은 수연이 안타까웠고, 그런 짓을 했다는 아버지가 원망스럽고 증오가 치밀었으며 갈가리 찢어 죽이고 싶었다.

진영은 그녀를 진심으로 아끼고 있는 것이다.

컴퓨터를 두들기던 경찰관은 한숨을 쉬며 몸을 일으켰다.

태훈도 담배가 땡기던 때이기에 함께 밖으로 나섰다.

"안도혜 검사님이 쎄게 한 대 때려줬으면 좋겠네요. 요즘 세상이 경찰도 사람에게 함부로 손을 못 대니. 어휴."

그런 놈은 몇 대 때리고 싶다는 듯한 경찰관의 말이었다.

"아마 때릴 거예요."

태훈은 머릿속에 그녀가 화를 내며 그를 두들겨 패는 모습이 떠오른 듯 웃었다.

※

수연이 말해주었던 집주소로 도착한 도혜와 수사관. 경찰 한 사람은 조심스럽게 계단을 밟고 올라갔다.

무척이나 오래된 빌라였다. 엎어진 쓰레기 봉투에서 악취가 났다.

그들은 조심스럽게 계단을 밟고 올라가 그녀가 말한 호 앞에 도착했다.

그들은 인기척 없이 행동했고 도혜는 귀를 문에 가져다 대었다.

"이 쌍년이 전화기를 꺼놔?"

안에서는 화가 난 듯한 목소리가 들리고 있었다. 분명히 안에는 수연의 아버지가 집에 돌아와 있었다.

귀를 떼낸 도혜가 수사관에게 눈짓했다.

똑똑똑

"택배 왔습니다. 엄수연 씨. 택배 왔어요."

그는 빙긋 웃으며 앞에 섰다.

얼마 지나지 않아 발걸음 소리가 들리는 듯 했다.

그러나 문은 열리지 않았다.

안에서 남성은 조용히 몸을 웅크리고 있는 것이다. 딸이 연락이 되지 않고 택배 한 번 시킨 적 없는 딸 아이가 택배를 시켰으니 뭔가를 알아챈 거다.

도혜가 문고리를 돌렸다.

"문 여세요. 빨리요. 엄태호 씨. 이러지 말고 빨리 엽시다. 좀."

도혜의 얼굴로 짜증이 확 치밀었다. 그녀는 거칠게 문을 발로 걷어찼다.

쿵

그런다고 굳게 닫힌 문이 열릴 리 만무했다.

"가져와."

"네!"

경찰관에게 신호를 주자 경찰관이 서둘러 계단을 밟고 내려갔다.

그는 곧 이어 두툼한 쇠뭉치를 단 망치를 가져왔다.

"부셔."

그녀는 단호하게 말했다.

터엉!

터엉!

댕그랑

두 번을 내리치자 문고리는 그대로 부서졌다.

안으로 조심스럽게 진입했다.

도혜가 뒤쪽에 섰고 수사관과 경찰관이 앞장 섰다. 두 사람은 천천히 거실과 화장실로 진입하려 했다.

그러던 중 화장실로 들어오는 소리를 듣고 화장실에 웅크리고 몸을 숨겨 도망갈 새를 살피고 있던 엄태호가 야구방망이로 경찰관을 후려쳤다.

"끄윽!"

머리를 맞은 경찰관이 머리를 부여잡으며 바닥으로 털썩 쓰러졌다. 엄태호가 밖으로 뛰쳐나가려 했으나, 뒤쪽에서 오던 도혜가 앞을 가로막았다.

엄태호는 너저분한 턱수염에 살이 디룩디룩 쪄있었다. 헐렁한 옷차림새에 생기가 없는 얼굴은 혐오스러웠다.

그의 얼굴로 작은 웃음이 스치고 지나갔다.

여자 한 명쯤이야. 가볍게 제칠 수 있다는 표정이었다.

도혜가 눈을 빛냈다.

너 오늘 뒈졌어. 돼지 같은 놈!

"흐압!"

그는 야구방망이를 휘둘렀는데 의외로 도혜가 그것을 피해내자 눈빛이 묘해졌다. 뒤쪽에서 당장 도혜의 다른 동료가 덮칠지도 모른다는 생각에 다급해보였다.

그는 몸으로 뚫고 지나가려 했다.

도혜가 허리춤에 차고 있던 수갑을 꺼내면서 번쩍 뛰어

올랐다. 그녀의 양 다리가 그의 목을 휘감았다.

도혜의 다리는 바닥을 향했고 그대로 엄태호의 중심이 바닥으로 향하며 그가 쿵! 하는 요란한 소리를 내며 쓰러질 수 밖에 없었다.

"당신은 묵비권을 행사할 수…."

"이거 안 놔. 이 썅녀어…!"

"닥쳐!"

퍼억!

미란다 원칙을 읊으려고 하자 엄태호가 반항하며 욕설을 지껄였다. 서둘러 팔을 등 뒤로 빼낸 도혜가 뒤통수를 후려쳤다.

그는 여자에게 맞은 것이 수치인 듯 잠시 멍하더니 얼굴을 구겼다.

"이런 개 쌍년이 확 따 먹어…."

"닥치라고 했지?"

퍼억 퍼억 퍼억 퍼억

"아프냐? 아프지? 아플 거야. 넌 오늘 경찰서 들어갈 때까지 맞을 줄 알아."

어차피 엄태호는 양 손이 속박되었고 쓰러졌던 경찰관도 출혈이 조금 있긴 했지만 괜찮은 듯 보였다.

도혜의 사무실 수사관이 덩치도 컸고 유도도 3단인 무술 유단자였기에 그를 무리 없이 이끌고 갈 수 있었다.

그를 차량에 태우면서도 계속 인상을 구기던 도혜는 그의 머리를 신명나게 때렸다.

엄수연이 이제까지 그 때문에 느꼈을 고통에 비한다면 아주 경미한 것이었다.

그가 차에 타고 구급차를 불렀다. 머리에 작은 출혈을 일으키는 경찰관을 위해서였다.

"에이, 피도 얼마 안 나는대 무슨 구급차를 타고가요."

"그래도 이럴 때 아니면 언제 타 봐요."

"그렇긴 한데."

경찰관은 별 것 아니라는 듯 손을 휘휘 저었지만 도혜는 빙긋 웃었다.

"개 쌍년이 먹여주고 재워줬더니 신고를 해? 내 경찰서에서 나가기만 하면."

"야."

차량에 올라 수사관의 손에 의해 호송줄에 꽁꽁 몸까지 묶인 그가 험악한 얼굴로 욕설을 해대자 도혜가 눈알을 부라리며 돌아보았다.

'계집년 따위가 감히.'

그는 표정으로 말하고 있었다.

도혜가 뒷좌석으로 넘어갔다.

그리고는 대가리를 또 쳤다.

"아오 이 쌍… 어?"

그가 욕을 하는 순간이었다. 엄태호는 갑자기 물컹 하는 기분 좋은 무언가가 얼굴에 닿는 기분이 들었다.

그리고 향긋한 향기도 났다.

도혜가 그의 목을 끌어와 가슴에 그의 얼굴을 파묻은 것이다.

그래놓고 도혜는 울먹거리더니 순식간에 돌변했다.

"이런 개나리 십자석이 대한민국 검사를 성폭행 해?"

"아, 아니 이년아 네, 네가."

"내가 뭐? 봤죠. 봤죠!?"

도혜는 가슴 쪽을 팔을 교차해 무척 큰 수치심을 느꼈다는 듯이 가리더니 앞좌석에 탄 수사관을 보며 말했다.

수사관도 룸미러로 보고 있었는데, 도혜가 일부러 끌어온 것이다. 그렇지만 어색하게 웃으며 고개를 끄덕였다.

"미쳤네요. 대한민국 여검사 가슴에 얼굴을 파묻다니…."

"아, 아니 뭐 이런 사람들이 다 있…."

"닥쳐 이 새끼야!"

차악!

또 한 번 도혜의 손이 날아갔다. 이번에는 오른 쪽 뺨이었다. 연이어서 왼쪽 뺨 오른 쪽 뺨을 수차례 번갈아가면서 한 여섯 대 때렸다.

그녀는 수치스럽다는 듯이 그를 보았다.

엄태호는 너무나 놀라고 황당해 어이없는 표정으로 양

얼굴을 감싼 채 그녀를 보고 있었다.

"당신 대한민국 검사 성폭행한 혐의가 얼마나 큰 지 알지? 증인도 있어."

"아니, 그럼 대한민국 검사가 이렇게 사람 패도 돼!?"

"내가 언제?"

"그럼 나는 언제."

"난 증인이 있다니까."

"나도 증인… 이런 씨발 다 한 구석이네!"

"그럼 이렇게 하죠."

도혜의 얼굴이 갑자기 진지해졌다. 옷을 추스른 그녀는 다시 한 번 엄태호의 뺨을 쎄게 후려쳤다.

짜악!

"쌤쌤. 수사관님. 저 안에 좀 들어가서 증거가 될 만한 것 좀 챙겨서 나올게요."

"네."

"만약 수사관님 성폭행하면 그대로 머리에 총 쏘면 됩니다."

그 말을 끝으로 도혜는 거침없이 뒷문을 닫고 나가 버렸다.

"으아아악 씨펄! 검사하고 경찰하고 짜고 사람 이상하게 만드네."

"닥쳐, 조낸 쳐 맞을래?"

곧이어 수사관의 목소리에 도혜가 픽 웃었다. 그녀는 곧 그 집으로 다시 들어갔다.

아까 전에는 긴장한 채여서 제대로 훑어보지 못했다. 주방은 그래도 깔끔한 편이었다. 수연의 방으로 보이는 곳도 깔끔했다. 집이 낡은 것을 제외하고는. 다르게는 엄태호가 생활하는 곳으로 추정되는 거실에 들어온 그녀는 코를 틀어막았다.

거실에는 담배 냄새가 찌들어 있었다. 그 뿐만이 아니었다. 먹다 남은 인스턴트 음식이 뒹구는 것은 당연했고 썩은 내가 진동했다.

벽지는 담배를 방안에서 펴대니 누렇게 찌들었다.

그리고 한 편에는 의미모를 끈적한 무언가를 닦은 듯한 티슈들이 곳곳에 널려 있었다.

불쾌해진 그녀는 이런 사람과 살았던 수연이 측은해지는 순간이었다.

그녀는 곧 눈에 띄는 것을 집어 들었다.

불쾌하게도 끈적한 무언가(?)를 닦은 휴지들 사이에 있던 것이었는데 바로 통장이었다.

그 통장을 펼친 도혜는 내역을 확인했다.

현재 잔액은 13521원이었고, 입금 내역은 1년 동안 자그마치 1억이 넘었다.

한 사람당 1-2천 만원 사이였다.

2년이면 엄태호가 수연을 이용해서 챙겨먹은 돈만 하여도 2-3억 수준이었다.

그런데 지금 잔액이 13521원이라니.

일단 없어진 돈의 행방을 또 추가로 알아봐야할 것 같았다.

그리고 다시 차에 오른 도혜는 오르자마자 그의 머리를 또 한 대 쳤다.

퍼억!

"출발."

"씨…."

휙!

"내가 뭘?"

욕설을 내뱉으려던 그는 도혜가 손을 위로 들어 올려보이자 흠칫 놀라며 아무 말도 안 했다는 듯 능청을 떨었다.

그렇지만 도혜가 또 머리를 후려쳤다.

'개 같은 년!'

그는 언젠간 기필코 복수하겠다는 표정이었다.

차는 경찰서로 향했다.

도혜의 연락을 받은 강력계 형사들이 경찰서 앞에서 담

배를 태우며 기다리고 있었다. 어느덧 도혜의 차량이 도착했는데, 때마침 경찰관과 진영, 수연, 태훈이 조사를 마무리하고 식사를 하고 오는 길이었다.

강력계 반장들에 의해 팔이 잡힌 엄태호는 허공에 발길질을 했다.

"야이 개 쌍년아! 애비를 경찰에 신고를 해!? 너너, 이년 나 나가면 보는 거야! 응? 다리를 쭉 찢어버려야 해. 저거."

수연은 자신의 아버지를 보자 진영의 등 뒤에 서둘러 숨었다. 아버지라는 존재가 이렇게 무서운 존재로 다가오는 사람도 있었다.

얼굴이 굳어진 도혜가 엄태호의 귀에 속삭였다.

"당신은 거기를 확 터뜨려 버려야하는데 말이지."

"이런 개쌍…!"

보는 눈도 많겠다. 여기서는 때리지 못할 거라고 여긴 엄태호가 입을 열었다. 그러나 이곳은 도혜의 관할 경찰서다.

CCTV 사각지대가 어딘지를 알고 있었고 어떻게 몸을 틀고 때려야 안 보이는지도 알았다.

도혜는 발에 힘을 빡 주고 짧고 굵게 그의 정강이를 후려쳤다.

"끄으윽!"

그가 정강이를 부여잡으려 할 때였다. 도혜의 발이 그의 급소를 걷어찼다.

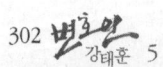

"꺼억…."

강력계 반장들은 아무것도 보지 못한 듯 딴청을 피우며 휘파람을 불어대었다.

도혜가 이렇게 때린 범죄자만 다섯 트럭은 되는 듯 그들은 익숙한 모습이었다.

태훈은 헛웃었다.

곧 강력계 형사들이 고통에 찬 엄태호를 끌었다.

"무슨 일 있었어?"

"갑자기 거기가 아파?"

"이씨발… 다 한통속이야…."

엄태호는 울상을 지었다. 그는 걸려도 단단히 잘못 걸린 것이다.

태훈은 오돌오돌 떨다가 경찰서로 끌려 들어가는 아버지를 보며 안도의 한숨을 쉬는 수연을 볼 수 있었다.

그는 얕은 한숨을 쉬었다.

수연은 아버지와 더 이상 함께 있지 않고 싶다고 했다. 태훈은 그러기 위해선 수연의 의지가 중요하다고 강조했다.

수연이 경찰서에서 뿐만이 아니라 법정에서 혹여라도 증인으로 신청이 된다면 모두 세세하게 증언을 해주어야 했다.

그래야 최대한 오랫동안 그녀는 아버지를 보지 못하게 될 것이다.

실상 태훈은 이진영의 변호사라는 말보다는 엄수연의 변호사라는 말이 맞았다.

이진영이 의뢰를 하기는 한 것이었지만 그는 힘 있는 법조인을 원했던 것이고. 이진영은 국선 변호인 선임 자격이 전혀 되지 않았다.

반대로 엄수연은 해당사항이 분명히 존재했으며 이진영의 사건은 종결이 된 것과 다름 없었다.

엄수연의 경우는 이제 진행이 되는 것이다.

그녀가 아버지로부터 받았던 정신적, 육체적 피해는 이루 말할 수 없을 정도로 클 것이다.

그 피해를 전부 합산하여 엄태호가 그만큼의 죄를 받게 하는 것이 목표였다.

또한, 그가 더 이상 그녀에게 함부로 하지 못하게 보호하는 것도 그의 일이라고 할 수 있었다.

수연은 조사가 끝이 나고 집에 돌아가도 된다는 경찰관의 말이 떨어졌다.

태훈과 도혜는 내심 걱정이 되었다.

그렇지만 이내 수연이 진영의 손을 꼭 잡고 '헤-' 하고 웃는 모습을 보자 안도되었다.

진영이 알아서 잘 챙겨줄 것이다.

"들어가요."

"네."

두 사람이 밖으로 나서고 태훈과 도혜는 함께 계단을 밟고 올라갔다.

도혜가 수연이 했던 것처럼 손을 잡고는 '헤-' 하고 웃었다.

"어때 내가 수연씨보다 귀엽지!?"

"음… 아주 심각하게 고민해 봐야 할 문제인 것 같아."

태훈은 정말 진지하게 말했다. 도혜가 허탈하게 웃었다.

심문실이 훤히 들여다보이는 투명 유리가 있는 방으로 들어온 두 사람이다.

이미 강력계 형사와 팀원 몇몇이 와있었다.

"저거 완전 개새끼인데요?"

강력반 형사의 말이 이어지고 곧 바로 들려온 말은 정말 충격적이고도 정상인의 범주에서는 이해할 수 없는 말이었다.

"아니 내가 시킨 게 아니라니까? 2년 전쯤인가. 수연이가 오더니. '아빠, 아빠를 위해서 제가 계획한 게 있어요.' 하더니. 자기가 나를 위해 그렇게 한다고 했다니까? 내 핏줄이야. 정신은 오락가락해도 지 애비한테는 뭔가 해주고 싶었나보지. 먹여주고, 재워주고 입혀주고! 응? 난 그 말을 듣고 가슴이 아파서 수연아 아버지가 알아서 할 테니 넌 그러지 마라. 몇 번이나 만류를 했어요."

심문을 진행하는 강력계 형사는 실소를 흘렸다.

"아- 그런 사람이 수연 양 팔아서 번 돈을 흥청망청 다 쓰셨구나."

뿌드득

형사의 이빨이 절로 갈렸다. 밖에서 지켜보는 도혜와 태훈도 마찬가지였다.

특히나 도혜는 1억이 넘는 합의금 장사를 한 것을 확인할 수 있었다.

적어도 1억이라는 돈이면. 수연이를 그렇게 누추한 차림새로 만들지는 말았어야했다.

"그 돈은 다 어디다 썼어?"

"음… 어! 기부했소, 기부! 우리 수연이 같이 불쌍한 장애인들을 위해 기부했소!"

"…하."

그것을 지켜보는 모든 사람들의 입에서 감탄이 흘러나왔다.

사람이 저렇게 뻔뻔할 수가 있구나.

"당신 도박하지?"

"무슨 말도 안 되는 소리야."

"이미 엄수연 양이 전부 진술했거든."

"그런 개 쌍년. 다리를 확 찢어 죽여 버려…."

그는 험악하게 욕을 지껄이다가 경찰관이 노트북에 두들기는 것을 보고는 고개를 갸웃했다.

"뭐라고 적소?"

"반성의 기미가 좆도 안 보인다고 적었는데?"

"반성하오."

"그러든가 말든가."

경찰관은 귀를 후벼 팠다. 수정할 생각이 전혀 없었다.

곧 경찰관이 나서고 태훈과 안도혜가 함께 안으로 들어갔다.

강력계 반장은 눈을 빛냈다.

서울권에서 미친년이 한 명 있었다.

원래는 개꼴통도 한명 있었는데, 몇 개월 전에 사직서 내고 현재는 열심히 변호사 업무를 하고 있었다.

꼴통이 사라지고 더욱 부각되기 시작한 것이 바로 '미친년' 도혜였다.

홀연단신. 여성의 몸으로써.

검찰 간부들조차 쩔쩔 매게 만드는 여성.

얼마 전에 그녀의 부모님의 직업이 소문을 타고 타고 간부들의 귀에 들어갔고 그들은 충격에 빠졌다.

국내뿐 아니라 세계적으로도 뻗어나가는 게임회사 부회장의 딸.

더군다나 그녀의 수사방식은 권력에 구애받지 않고 그녀의 아버지가 날개를 달아주어 이젠 함부로 터치를 못하는 지경에 이르렀다.

또 그녀의 옆에 있는 남자. 태훈은 강력반 반장이 봤을 때. '미친놈'이었다.

왜냐.

미친년하고 만나고 있는. 대단한 사람이니까. 물론 강력반 형사가 말하는 '미친년'은 나쁜 의미가 아닌 대단한 의미였다.

함께 안으로 들어선 두 사람을 보며 강력계 형사는 어떤 식으로 두 사람이 그를 몰아붙일지 내심 기대가 되는 표정이었다.

그와 마주 앉은 것은 도혜였다. 엄태호는 그녀가 노려보자 딴청을 피웠다. 그렇게 대놓고 때린 여자인데, 이곳에서 못 때릴까.

어지간한 여자라면 계속 덤벼들 텐데, 도혜의 손은 상당히 매운 편이었다.

태훈은 두 사람 사이에 무언가 있었음을 알고는 쓰게 웃었다. 그는 일단 도혜의 등 뒤에 서 있었다.

"저 사람은 뭐요. 보디가드?"

"엄수연 양. 변호사입니다."

"이런 씨부랄!? 변호사는 나를 붙여줘야지! 그 년 말고!"

"그럼 변호사 선임하시든가."

도혜는 혈관마크가 빠바박 하고 올라왔다. 그녀는 곧 한숨을 내쉬었다.

"쉽게쉽게 가자고. 엄수연 양을 통해서 성관계를 맺게 하고, 숱한 폭력과 협박 등을 토대로 강간을 한 혐의 인정해?"

"와, 나 참 돌아버리겠네."

그는 정말 미치겠다는 표정으로 수갑 찬 양 손을 테이블에 쿵 내리찍었다.

그의 당찬 모습에 두 사람이 혀를 내두를 정도였다.

"아니, 수연이가. 갑자기 나한테 와서 내 몸을 쓰다듬었다니까? 난 아비로써 그랬지. '수연아 아무리 네가 성적 의구심이 많을 나이지만 아버지한테 이러면 안 된단다.' 라고. 원래 그 나이 때는 계집들도 사내들도 다 성에 관심이 많잖아? 한사코 말렸는데, 옷을 벗고…."

"지랄이 풍년일세."

태훈은 그 말을 듣고는 픽 웃음을 흘렸다. 엄태호의 얼굴이 일그러졌다.

"이봐. 엄태호 씨. 당신 계속 부정해도 어차피 못 빠져나가. 할 줄 아는 게 없으면 착하기라도 하든가. 대가리가 나쁘면 인정이라도 하든가. 판사한테 가서 그런 이야기 할 거야?"

엄태호는 얕은 신음을 흘렸다. 안도혜나 태훈, 경찰이 보았을 때 그는 정신적으로 문제가 있었다.

수연의 말에 의하면 도박 뿐만이 아니라 술도 달고 사는 그라고 했다.

알코올 중독 역시도 크게 의심이 되는 상황이었고, 전혀 신빙성이 없는 이야기였다.

아무리 지적 장애를 가지고 있다고 하더라도 여자아이가 먼저 그런다는 건 상식적으로 말이 안 되는 것이었다.

"내 이 쌍년 나가면 정말…."

그는 작게 중얼거리듯 욕설을 뱉었다. 아마 언젠가는 이곳을 벗어날 수 있겠다는 생각을 하는 것 같았다.

그때 정말 사지를 찢어 죽여 버릴 생각을 품고 있는 엄태호였다. 딸 아이에게 그런 생각을 가지고 있다는 것 자체가 그가 부모로써, 남자로써 사람으로써. 자격 미달이라는 것을 역력히 보여줬다.

도혜가 실소를 머금었다.

"착각하나본데. 당신 이제 바깥 세상 못 볼 걸?"

"뭔 개소리야!?"

그는 어이없는 표정이었다.

"내가 사형이라도 받는다고?"

"사형은 아니어도 무기징역 정도야."

"불가능은 아닌 것 같은데."

도혜의 말에 태훈이 동조했다.

남성은 이게 무슨 소리냐는 듯 도혜를 보다가 그녀의 사나운 눈빛에 태훈을 보았다.

태훈은 친절하게 설명해주었다.

그가 충격을 받도록.

"3년 전 쯤인가. 우리나라에 영화가 한 편 나왔잖아. '도가니'라고. 전국이 들썩인 영화였지."

물론 엄태호도 아는 영화였다. 케이블 영화 채널에서 틈만 나면 방영되는 영화이니까.

"그때 당시에 긴급하게 국회에서 통과된 법이 있어. 그 법이 바로 '도가니법'이라는 건데. 13세 미만이나 장애인을 성폭행 했을 경우 7년 10년으로 형량을 대폭으로 늘리는 것이고. 더 나아가 무기징역까지 그 범위를 넓혔지."

갈수록 엄태호의 얼굴이 굳어졌다. 무식한 그가 알 턱이 없었다.

자신이 얼마나 큰 범죄를 저지른지.

도가니라는 영화가 세상에 나온 이후로, 전국의 모든 이들이 그쪽에 관심을 둘 수 밖에 없었고, 경찰, 검찰, 사법부가 모두 쩔쩔 매었다.

이제까지 이어진 솜방망이 처벌에 사람들은 목소리를 높이니. 결국 긴급하게 국회에서 통과된 법이 바로 '도가니법'이다.

이 도가니법에 의해 많은 것이 달라졌다.

이제는 장애인 여성 및 13세 미만의 아동에 대한 성폭행 범죄에 대해서는 공소시효도 완전히 사라진 상황이었다.

그만큼 우리나라가 현재는 장애인 및 어린 아동 소녀들

의 성폭행에 관심을 기울이고 있다는 것이다.

"그리고 당신은 내일이면 1면에 날 걸? 신문 뿐만 아니라 인터넷. 뉴스, 다양하게 당신의 그 악행이 퍼질 거야. 내가 장담하는데, 당신 무기징역이야. 다시는 엄수연 양이 당신 때문에 무서워하고 힘들어 할 일은 없을 거라고."

그녀는 주먹을 움켜쥐었다.

"그러니까 함부로 그 더러운 것을 놀리고 다니면 안 되지. 딸 아이를 가지고 그런 장난을 해선 안 되지. 당신은 아버지가 아니라 쓰레기야. 이 쓰레기 자식아."

도혜의 입이 거칠어졌다.

엄태호는 이제 더 이상 세상 밖으로 나가지 못할지도 모른다는 불안감에 휩싸였다.

그것에 도혜는 불을 지피고 있었다.

"만약 당신이 수연이 몸에 손댄 게 7년 10년이 나온다고 해도 협박 및 폭행, 사기 행위는 또 어쩔 거야? 도박까지 했지 아마? 정상참작 받으려면 피해 받은 피해자들한테 보상해야하는데, 그럴 돈도 없고. 결국은 최고형을 받겠지."

어떤 어떤 죄를 저질렀는지 읊기도 힘들만큼 그가 저지른 죄는 너무나도 많았다. 엄태호는 눈알이 거의 뒤집히기 직전이었다.

그는 갑자기 벌떡 몸을 일으켜 밖으로 나서려했다.

"무기징역 좆 까! 다 죽이고 나갈 거야!"

"그건 안 되는데."

태훈과 도혜가 함께 문 앞을 막아섰다. 태호의 눈이 붉어졌다.

"이 씨발년 너 몇 살인데 아까부터 반말…!"

그의 손이 치켜 올라가는 순간이었다. 태훈이 도혜를 감싸며 등으로 막았다. 어깨로 그의 주먹이 내리찍어졌다.

태훈은 씨익 웃었다.

도혜라면 피할 수 있었는데, 굳이 막은 이유가 있었다.

"감히 내 남자친구를 때려!?"

도혜가 그대로 그의 낭심을 거쎄게 걷어찼다.

빠아악!

"욱! 끄어억…!"

"알지? 우리는 정당방위야."

도혜는 양 팔짱을 끼고 기고만장하게 웃었고, 태훈은 오른 손을 들어올렸다.

도혜가 그 손을 짜악! 하고 쳐주었다.

환상의 콤비다.

밖에서 이 모습을 보던 강력계 반장이 헛웃었다.

"두 사람 진짜 천생연분이네. 천생연분. 안 만났으면 큰일 날 뻔 했구만."

엄태호가 벌인 만행이 세상에 드러나자마자 실시간 검색어 1위를 차지했다. SNS에서도 당연히 최고의 이슈로 꼽혔다.

국민들은 분노를 감추지 못했다.

아버지라는 이름을 가지고 있는 사람이 딸 아이를 이용해서 그런 식으로 금품을 갈취했다는 사실은 충격에 빠트리기에 충분했다.

또한, 한국장애인총연맹에서 이번 일에 관련하여서 강력한 처벌을 원한다는 탄원서를 법원에 제출하였고 그 움직임은 전국적으로 확산되었다.

이에 대하여서 당연히 경찰 검찰은. 강력하게 처벌할 것을 주장하였으며 재판부는 국민들의 압력에 이기지 못해 무기징역을 선고했다.

물론 무기징역을 선고한다고 해서 꼬투리가 잡힐 만큼 높은 형량은 아니었다.

그는 지적장애인 강간죄, 사기죄, 협박 및 폭행 등 다양한 범죄를 저질렀었고, 과거에도 동종전과가 있는 상습범이었었다.

그가 무기징역을 선고받게 되고서도 엄수연에 대한 이야기는 SNS에서 계속해서 끊이지 않고 제기되었고, 한 모다큐프로그램에서 그녀를 취재하기 위해 움직였다.

그녀를 취재한 다큐프로그램은 그녀가 현재 살고 있는 모습을 보여주게 되었다. 실상, 아버지 같지 않은 사람이라고 할지라도 그녀는 홀연단신 혼자 세상에 남게 된 것이다.

집 나간 어머니가 있었지만. 찾는 건 쉽지 않았다.

그나마 태훈과 도혜가 도왔고 도혜는 과거 도움을 받은 카페에 연락을 해서 그녀가 생활할 곳을 마련해주긴 했지만 앞으로가 쉽지만은 않았다.

다큐프로그램은 그녀가 힘겹게 살아가는 것을 촬영해 세상에 알렸다. 그녀를 괴롭히던 아버지는 사라졌지만 이제 남은 건 지적장애를 가지고 홀로 남았다는 것이다.

물론 진영은 그녀의 곁을 지켜주기는 했지만. 다큐프로그램에서는 일부러 남자에 대해서는 언급하지 않게 촬영했다.

그 당시 촬영 장소에 태훈도 있었는데 이유를 물었을 때에, 더욱더 시청자들의 관심을 받고 안타까움을 전해야만 도움을 받을 수 있는 움직임이 커질 것이다. 라고 말했다.

물론 시청률을 따기 위한 전략도 있겠지만 도움을 더욱 방대하게 받기 위한 것도 사실이었다.

그에 이진영은 다큐프로그램에서는 없는 사람이 되었다.

다큐프로그램이 방영되고 SNS에 움직임이 생기기 시작했다.

한 네티즌을 시작으로 하여금 기부금이 모금되기 시작한 것이다.

그 기부금은 다양한 사람이 기부했다.

자신의 이미지를 좋게 하기 위해 기부하는 연예인들도 있었고, 그녀처럼 어려운 삶을 살아가는 장애인들도 있었으며, 그녀의 부모뻘도, 친구 뻘도 동생뻘도.

그리고 청소년들까지.

다양한 사람들이 기부금을 모았고, 모인 그 기부금은 자그마치 6천 8백 만 원에 달했다.

그 6천8백 만 원은 고스란히 엄수연의 손에 돌아갔다.

그리고 사실 이진영이 그녀를 보살펴주고는 있었지만 사람 일이라는 것은 모르기에 태훈은 진영에게 따끔한 말을 해주었다.

"혹시라도 그녀의 돈에 욕심을 품으면 달려옵니다."

물론 그러지 않을 것을 더 잘 알기에 농담처럼 뱉은 말이었고 진영은 피식 웃었다.

두 사람은 자리를 잡으면 결혼을 하겠다. 라고 했다.

어떻게 될지는 앞으로 지켜봐야할 것이었다.

그리고 기적은 끝이 아니었다.

가출을 했던 어머니가 그녀를 찾았다. 그녀는 남편의 술과 폭행에 의해 가출을 하였었는데, 수연은 미워할 만도 했지만 어머니를 다시 만난 것에 무척이나 기뻐했다.

그렇게 3개월이 지났다.

진영과 수연은 여전히 잘 만나고 있는 것 같았다.

그리고 태훈은 국선 변호사 사무실에서 자신의 짐을 박스에 담아 들어올렸다.

"마치 짤려서 가는 것 같이 씁쓸하네요."

태훈은 농담을 던졌다. 국선 변호인들이 피식 웃었다. 한기가 그의 등을 두들겨주었다.

"한 번 멋지게 날아보게."

"그럴 생각입니다."

자신에 대한 따뜻한 미소들에 태훈도 따뜻한 미소로 화답했다. 그는 사무실을 나서기 전 고개를 정중히 숙여 인사했고, 한기는 밖에까지 배웅했다.

차에 오르는 모습까지 한기는 지켜봤고 태훈은 그에게 목례를 하고는 차를 출발시켰다.

태훈의 가슴에 씁쓸함과 공허함이 남았다. 한편으로는 더욱 높은 도약을 할 수 있다는 기대감과 자신이 잘할 수 있을까 하는 의구심이 남았다.

"자네는 이미 성공했네."

한기는 사라지는 그의 차량을 보며 빙긋 웃었다.

그가 고마웠다.

그 덕분에 많은 것이 변했고 많은 것을 얻었다.

이제 그가 이끄는 국선 변호사 사무실은 예전과 확연히

달라졌다. 그라는 존재는 많은 변화를 가져다주었다.
고맙네, 강태훈 변호사.
사라지는 차를 보며 그 말이 한기의 입안에서 맴돌았다.

❀

범현의 사무실에 책상이 두 개나 늘었다. 기존에는 인턴 것 두 개와 범현의 것 해서 세 개였는데 이젠 다섯 개가 되었다.
다섯 개였지만 사무실이 꽤나 크기가 있었기에 좁다는 느낌은 들지 않는 편이었다.
자리 하나에는 당연히 '강태훈 변호사'라는 명패가 놓여있었고 오늘 처음으로 출근한 태훈은 자신의 자리에 앉았다.
범현도 함께 들어왔다.
"의자 마음에 드냐?"
"조금 삐걱거리는 거 같은데."
"대충 써. 따지기는."
"흐아, 이제 시작이구나."
태훈은 손가락의 마디를 풀었다. 오늘부터 이제 이곳에서 일하는 변호사가 되었다.
그리고 얼마 지나지 않아서였다. 남은 한 자리의 주인이 안으로 들어왔다.

들어온 그는 태훈이나 범현보다 연륜이 훨씬 묻어나는 이였다.

태훈에게는 과거 좋지 않았던 인연이었지만 이제는 꽤 좋은 인연이 되어있었다.

그는 다름 아닌 이백호 변호사였다.

지방에 내려가서 동기와 법무법인에 함께 있었던 그는 마찰이 생겨 다시 서울에 올라왔었다.

그러다 태훈과 어떻게 연이 닿았었는데, 태훈도 그에 대한 악감정은 많이 사라졌었기에 연락을 주고 받곤 했었다.

그러다 그는 범현의 사무실에 자신도 껴달라고 어린애처럼 떼를 썼다.

그의 평은 요새는 정말 괜찮은 편으로 바뀌어있었고 태훈도 인성기업 당시 자신을 도와줬던 것을 생각하면 그가 변했음을 알았다.

또한 세 사람의 변호사가 함께 사무실에 있으면 사무소가 아닌 '법무법인'이라는 이름을 달 수 있게 된다.

세 사람이 만들어낸 작은 로펌이 되는 것이다. 그리고 차츰 그 수를 넓혀가게 될 지도 모른다.

"업무 시작 전에 담배나 한 대 피지."

이백호가 뒤를 가리키며 말하자 범현과 태훈이 몸을 일으켰다.

그들이 담배를 피고 있는데, 예쁘장한 인턴 두 사람이 인사를 했다.

"모이자마자 담배예요? 사건이 아니라?"

"아하하."

인턴 여자아이 둘은 스물 두 살의 이옥주와 스물 세 살의 김다혜였다. 옥주는 귀여운 상이었고 다혜는 안경을 낀 지적인 여성이었다.

"나 커피 한 잔만."

"침 뱉어야징."

범현이 말하자 다혜가 안으로 들어가면서 귀여운 목소리로 말했다.

담배를 모두 피운 태훈은 기지개를 힘차게 폈다.

"끄어어! 새 출발이구나!"

"그래, 빌어먹을 새 출발이다!"

"한 번 잘해봅세!"

그들은 자신들의 새출발에 기대를 걸고 있었다. 활기차게 웃는 그들의 등 뒤로 법무법인 간판이 들어왔다.

비상(飛上) 법무법인.

대한민국을 휘어잡을 법무법인이 창립되었다.

〈6권에서 계속〉